人生是一场大戏

〔日〕黑柳朝 著
曹逸冰 译

南海出版公司

新经典文化股份有限公司
www.readinglife.com
出　品

孩子他爸，看看现在的我吧

目录
CONTENTS

第八章　对谈 / 淀川长治 VS 黑柳朝
人越感动就越年轻

后记

序言 人生是一场大戏

前些天，我从家中几本《圣经》里找出一本遗忘多时的皮革封面的，翻开看了看。只见封皮背面右下角写着两行字：

一九七五年 × 月 × 日

于悲伤难耐的一天购得此书

十多年前发生的事，已经被我忘得精光。时间才是最高明的医生。

相伴五十三年的孩子他爸去世后，机缘巧合之下，我开始在大家面前演讲，一个人踏上人生之路。

在樱桃分外美味的七夕时节远赴美国和加拿大演讲，这样的旅行也迎来了第四个年头。

有家报社把我的旅行叫作“保持年轻的七夕巡演”，还写了一篇报道。文章最后一句话是这么写的：“也许她是克拉克博士[①]的传人。”七夕巡演是多么美妙的词呀。报社的这份礼物让我由衷地欢喜。对我来说，不是“Boys, be ambitious”[②]，而是“老太婆们，be ambitious”吧。

我一直盼着能在五十岁之后多留一些时间给自己。可惜真到了五十岁，小儿子还是个小娃娃，光带孩子就够我忙的了。

对我来说，照顾先生其实比带孩子更费神。送走他的时候，我已七十二岁了。说实话，我当时只觉得，自由来得太晚了。

但我还是抖擞精神，重新起航。把自己当成刚出生的婴儿，自我暗示：“在接下来的日子里，我应该也能干出点什么来。”

要是有人问我：“您贵庚了？”我总会回答：“才七十六呢！”现在正是我最美好的年华。

我以克拉克老师的徒弟自居，胸怀大志，不断前行。

前些天，在演讲结束后的提问环节，一位五十来岁、一直站在最后排的男听众举手问道：

“您觉得爱到底是什么呢？”

我被他吓了一跳，但还是回答：

①William Smith Clark（1826—1886），北海道大学首任校长。

② 意为“少年们，要胸怀大志”，是克拉克博士的名言。

“爱，是看不见摸不着，却可以相信，又很温暖的东西。

“我觉得，幸福就跟天使的羽毛一样。只要肉体还活着，不幸与悲哀就会乘着坦克杀过来，几乎要把我们压垮、打倒，可是只要抓住轻盈的天使羽毛，我们就能飞到天上去。

“坦克再强大、再坚固，也飞不上天呀。这就是我对幸福的理解。”

人生中，痛苦和悲伤的事情也许会多一些。但是请大家千万不要扮演悲剧的主人公，认定世上没有比自己更不幸的人。

人人都有擅长的事，都有适合自己的工作。即便是微不足道的手艺活，也要大胆尝试，试着大声喊一喊：

“我是天才！”

要记得为自己鼓掌，为自己歌唱。

我一直把人生当成一场大戏。

在悲伤的时候、难过的时候、贫穷的时候，我都会暗示自己：“现在就是我即将要演出的场景，我要好好扮演这个角色，演出我的风范来！”一旦成为不输给任何人的“乞丐演员”，再穷再累也不觉得苦了，甚至能慢慢品出其中的乐趣。

只要下定决心去享受，大多数事情都能做得开开心心。我会有意识地摆脱年龄的束缚，每晚睡前告诉自己，醒来之后又是一个全新的我。

亮粉色、橙色这些鲜艳的色彩就是为我们这样的老奶奶存在的。什么衣服都要穿穿看，多尝试那些可能适合自己的发型。

我并不是提倡奇装异服，而是希望大家积极寻觅能把现在的自己衬托得最新鲜、最美丽的东西。

我最近也学着年轻人的样子，经常穿弹力裤，配一双长靴。穿上试一试，就会发现身体和精神都充满了活力，太不可思议了。“心态决定一切”，这句话真是没说错。

至于钱？美好的东西都是不要钱的呀。

爱情、太阳、空气、水、勇气、信任、巧思、激情、想象力、好奇心……

有再多的钱和东西又能怎么样呢？它们总有一天会消失，也不是幸福的保障。

但是，自己一手养育的美好应该会不断增加。只要还有一口气，我们就应该往心里和脑子里塞更多美妙的宝石。

我的人生大戏已经临近尾声，也不知这场戏会如何收场。人人都想演一个好角色，但谁也无法预料到自己会被分配到什么样的角色。我觉得这就是人生戏剧的有趣之处。

我想当一个好演员，全力以赴、开开心心地演好上帝分配给我的角色。

克拉克老师，我这么想有错吗？

第一章

老太婆的七夕巡演

这回该阿朝出场啦

三年前的春天，满园萝卜开的花褪去紫色的面纱，变回了绿色。一天早上，我先生突然被召去了天堂。

临终时，他在我怀里问：

“孩子他妈，我会死吗？”

这也成了他最后的告别。

骨灰落葬那天，石匠打开了坟墓的盖子，一个可爱的小骨灰盒映入眼帘。那是先生最爱的长子，在十二岁那年去世的明儿。

我把先生的骨灰盒放在小骨灰盒旁边，为他们祈祷。

“你们俩在天堂要玩得开心哦。”

给亲朋好友的感谢，都被我写在了浅紫色的卡片上。刚写完的时候，家住洛杉矶的北野医生打来了电话。

“阿朝，你还好吗？我想在家里给你先生开一场追悼演奏会。你大概什么时候能过来？把你方便的时间告诉我吧。”

听说美国的各位朋友正在碰头讨论这件事，我十分欣慰。一想到他们去年也开了演奏会，不过那次是为了庆祝先生的七十四岁生日，我就不禁感叹人生的无常。

我先生最讨厌做那种推销自己的事情。电视台、广播电台请他参加座谈会之类，他也不肯去。好几所音乐学校想请他当小提琴专业的老师，可他以“我自己都没上过音乐学校”为由，全部推掉了。因为家里太穷，我不得不精打细算操持家务。见他总是这副样子，我不免有点怨言，毕竟他只要稍微牺牲一下自己的原则，多接点差事，日子就能过得宽裕些了。不过我偏偏就喜欢这样的他。

他不喜欢出风头，可要是那些和他在音乐上有过交集的朋友愿意举办追悼演奏会，他应该也会在天堂听得很开心吧。这么一想，我就答应了下来。只是他走得突然，当时我的身体状况也不是很好，所以我告诉北野医生，在十月前后办的话，我应该可以去。

先生生前和我一起去过好几次洛杉矶。因为小儿子在外国的航空公司工作，会送机票给我们。而且有好几位朋友在那边发展得很好，总是热情地招待我们。

尽情享用便宜又好吃的洛杉矶樱桃也是出游的目的之一，所以我们总会选择六月到七月这段时间去。温和的气候与美丽的花朵，也能让人彻底放松身心。

每次去洛杉矶，都住在著名木琴演奏家平冈养一先生的儿子家。一家人都特别热心，我们想住多久就住多久，尽情享受旅途的幸福。对于过惯了穷日子的我们来说，这样的日子真是再奢侈也没有了。先生在 NHK 交响乐团担任首席小提琴手的时候，平冈先生曾好几次以独奏者的身份与他同台献艺。

他已经在美国闯出了一片天地。纽约市民每天早上听着广播里传出的木琴曲《江户日本桥》醒来，晚上也听着他演奏的摇篮曲入睡。当时能在美国真正吃上音乐这碗饭的日本音乐家大概只有他。

平冈先生的长子升二是建筑师，大儿媳雅子结婚前是日本小有名气的爵士歌手。我原本就认识他们两位，貌似还在不经意间当了一回红娘。如今他们已经有了一个幸福和谐的小家。

在平冈家，大家都叫我“安娜”。为什么要这么叫我呢？谁也说不上来，反正平冈家的独生子武士君还是个小宝宝的时候，第一次开口叫我用的就是这个称呼。一进平冈家，就像回到了孩子家一样舒适，所以我们每次都住那儿，细数起来已经有十二三年了。

十月底，我选了一张先生拿着小提琴的照片，扩印了带上，在小提琴家小林武史的陪同下前往洛杉矶。

演奏会的发起人北野医生是著名的脑外科专家，吹长笛的功夫也是专业水准。在庆应大学学医时，他有过当职业长笛手的念头，但是在父母的强烈要求下，还是当了医生。宽子夫人也是艺术大学毕业的，有一副好嗓子，当年在比赛中还拿过名次。夫妻俩都是不折不扣的音乐爱好者。

演奏会在宽敞明丽的北野府大厅举行，一百五十多位贵宾云集一堂，为我先生用心演绎独奏与合奏。

大提琴家三本先生负责指挥，表演红杉四重奏的渡边夫妇也是功夫见长，为我们送上了美妙的弦乐合奏。然后，大家纷纷聊起了和我先生有关的回忆，称赞他的为人。

最后，大家让我上去说两句。

我就说，去年大家在这里为我先生举办了盛大的室内庆生音乐会，今年又在这里办了一场这么棒的告别演奏会，我由衷感谢大家的一片深情。

那是我第一次在大庭广众之下发言，却一点都不紧张。大家也夸我说得好。

我们享用着像酒店自助餐那样堆成小山的美味佳肴，不停地聊着回忆。洛杉矶的夜景尽收眼底，好似灯火的海洋。

室内音乐会那跃动的音色，久久萦绕在耳边。

在洛杉矶小住的时候，纽约的朋友高柳女士给我打了好几通电话。

“你别急着回日本嘛，能不能来纽约一趟啊？我想请你去日美联合教会、日本人学校和日本妇人会发个言。大家都盼着你去呢。”

我的第一反应是：我哪有这个本事啊！演讲会之类的活动就不用说了，我一次也没参加过，就算是孩子学校的家长会，我也从来没有发过言啊。

可是急急忙忙赶回家又能怎么样呢？等我的人已经不在了，更何况我也有很多朋友在纽约。说不定，我真能对生活在异国他乡的人说些什么。

> 凡你们祷告祈求的，无论是什么，只要是信得着的，就必得着。[1]

《圣经》中的这句话，也浮现在了脑海中。

日本也有一句不怎么样的俗语，叫“出门见丑无人知”。朋友的鼓励忽然在耳边响起：“朝子呀，这回该轮到你出场啦。

---

① 出自《马可福音》。

打起精神，拿出你的风范来，勇往直前吧！”

反正这里离日本远得很，不会给孩子们添麻烦，那就鼓起勇气试试看吧。

于是我去纽约做了四次演讲，还顺道去了岛田牧师所在的费城，在大家的盛情相邀下又讲了两场。意料之外的外国巡演生活就是从那时开始的。而且那几次演讲也为我打下了基本功。

回到日本后，也渐渐有人请我去演讲了。这也许和主妇与生活社出版了《阿朝来啦》，而且这本书的反响意外热烈有关。

而且，我也意识到，“演讲”并不是一份让我觉得吃力的工作。

我没有好好学习过，养育孩子时也没有什么理论依据，没有明确的目标，更称不上贤内助。但是在信仰基督教的母亲身边长大，陪伴不好相处的艺术家丈夫，一路养活一家五口，中间还经历了一场战争……这些往事都变成名为“经历”的宝物，收藏在我心中的抽屉里。

有人跟我约稿，或是请我去演讲时，我就会琢磨：这次该拉开哪个抽屉呢？我从没有为写作和演讲的材料发过愁。

当然，我在这两个方面的水平都还很不到家。

有犄角也有尾巴的天使

邂逅“喷气机藤田”

于是，在每年樱桃快进入成熟期的时候，踏上环游美国和加拿大的演讲之旅，就成了我的固定节目。

今年的演讲之旅中，还有与全美基督教会的会长“喷气机藤田”同行的日程。早在十多年前，我就听说了藤田牧师的事迹，十分尊敬他。直到去年，我才有幸见他一面。当时他七十一岁，个子不高，却有着满腔的激情与温情。“我想帮助别人，让他们活得更加幸福快乐”，他浑身上下都洋溢着这种使命感。就连平时热情四射的我，看到他都自愧不如。

他不仅要在有众多日本人的洛杉矶完成牧师的工作，担任全美基督教会的会长，还耐心倾听大家的烦恼，出谋划策，无论对方是来自哪里。东边有人苦恼，他就赶去东边；西边有人头疼，他就飞到西边……他就是像这样积极传播爱的。也正因为这份行动力与活力，大家才亲切地称他为“喷气机藤田”。

去年，我在洛杉矶举办第一场演讲会时，惊讶地发现电视台居然派人来录像了。藤田牧师也来捧场。我一说到有趣的事情，他就像个小朋友一样拍手大笑。我觉得他是想用这种方式鼓励我。因为在两天后的周日下午，我将应他的邀请，在联合卫理公会的教堂演讲。

“星期天上午的礼拜也要来哦。”

说着，藤田牧师给了我一份教会的周报。周报封面上印着我非常喜欢的丢勒的素描名作《祈祷之手》，我高兴极了。这肯定是因为他看了我写的《阿朝来啦》。

与藤田牧师告别后，我回到了平冈家。谁知翻开周报一看，我吓得差点跳了起来。

问题出在介绍星期天礼拜流程的部分。本该是“牧师布道”的地方，赫然写着“演讲嘉宾：黑柳朝《我的信仰》”！

我发出近似惨叫的喊声。自己本来就没有资格站上讲坛，更讲不了那种高深得吓人的主题。当时天已经黑了，我想牧师应该在家，立刻打了电话。

我说：“老师，您这玩笑开得有点大。我可干不了这差事。”

只听电话那头的老师哈哈大笑，直说“没事，你没问题的”。周报都印出来了，白纸黑字写着，事到如今我也逃不掉了，只能硬着头皮上。

当天走上讲坛的一瞬间，我惶恐极了，心想：我这样的人会不会玷污了神圣的讲坛？但片刻后，我想起了《圣经》上的话：“不要论断人。”算了算了，只能祈祷上帝相助了。

演讲的主题是“我的信仰”，所以我告诉大家，我从小在信奉基督教的母亲身边长大。开始记事后，母亲教我的第一件事是向上帝祈祷。

我一边讲，一边偷瞄藤田牧师那边。他好像记下了我的演讲内容，然后用比原文更优美的英语，配上激情昂扬的语调翻译给大家听。这边有很多人听不懂日语，藤田牧师平时都是用双语布道。

到了下午，才是之前就安排好的演讲环节。很多不信教的日裔居民也到场了。

我做梦也没想到，下午也有意外的惊喜。藤田牧师发言说：“我想请黑柳女士当我们教会的名誉会员，大家觉得如何？”

台下好几百位来宾立刻做出V字手势，纷纷喊道：“OK！”“同意！”就像听演唱会的年轻人一样。我还没反应过来，提议就全票通过了。

看来藤田牧师特别喜欢吓人，我不禁目瞪口呆。

临别时，我对他说：

“您岂止是喷气机，明明是马赫。不对，说彗星还差不多！”①

该祈祷的时候还是得祈祷

虽然是受到别人的邀请，可我这样的人真的有资格在教会发表关于信仰的演讲吗？回顾自身，我痛感自己着实没有这种资格，分外惶恐。

演讲之旅已经进入了第三个年头，但我演讲时绝不是自信满满的。

从早上睁开眼到晚上入睡，养育子女的辛劳、与丈夫的种种纠葛……痛苦的事情排山倒海般袭来，悲伤到连梦都无法做，如此暗无天日的日子，我也体会过。怀着对“活着”这件事由衷的感激就寝的日子，算下来又能有多少呢？

还有过再怎么祈祷都没有回应，饱受悲伤折磨的岁月。

我的母亲是非常虔诚的基督徒。听说母亲的母亲，也就是

① 马赫数是速度与音速的比值，通常表示飞机、导弹、火箭的飞行速度。这里的彗星指英国研发的全世界第一架喷气式客机的名字。

我的外婆，当年也是个偷偷信教的天主教徒。

我懂事之后就没有挨过母亲的训斥。她宁可训斥自己，也不训斥孩子，有什么做得不足的地方，就向上帝祈祷寻求帮助。

“阿朝，你也试一试。什么样的祈祷，主都会听的。”

她总是这么跟我说。但我跟她不一样，不是那种能静下心来一直祈祷的性格。

我有四个孩子，还有一个比孩子更费神的丈夫，每天都跟打仗似的，光祈祷哪行啊。

“没米了，怎么办？”遇到这种情况，母亲做的第一件事就是祈祷。而我会立刻冲出去找米吃。

孩子生病时，我觉得有时间祈祷，还不如赶紧送孩子去医院。可母亲认为送去医院的路上也要祈祷。我们经常因为这个吵架。

当然，她也不是光祈祷不干别的，只是要我们“无论如何先坐下来祈祷一下”。但是在我看来，这么做有点形式主义，太刻意了。也许是因为当时正值叛逆期，我总是对她说，我不会像妈妈那样祈祷，但我可没有背叛上帝。不知道母亲这一辈子为我祈祷过多少回。她去世后，我才追悔莫及，觉得当初有很多话说得太过分了。

多亏有这样的母亲，直到今天，《圣经》中的许多语句还会常常浮现在我脑海中，成为我的心灵支柱。我还会自然而然地用平日说话一样的语气祈祷：“上帝啊，请您原谅我的不成熟，请您守护我的孩子们。”我一直觉得，如果说虔诚的信徒是“信仰专家”，那我的祈祷方法就是不折不扣的“外行”了。

假设教会里有个人成天酗酒，总也戒不掉，遭到了别人的谴责。如果这个人不去教堂，别人也许就不会说他是“伪善者”。那他是不是就应该不去呢？我不这么认为。肉体生病时，我们都会去医院，哪有等病好了再去医院的呢？哪有先把身子洗干净再冲澡的道理呢？

我觉得，该祈祷的时候还是得祈祷。

脱胎换骨的隆太

我在洛杉矶做了三场演讲，录完两档电视节目，然后就去了纽约。来接我的高柳夫妇也是虔诚的基督徒，在第五大道开了一家纪念品店。三年前，最先请我去日美联合教会演讲的人就是他们。

七月七日七夕节[①]，我参加了礼拜，又在同一天下午做了

① 日本的七夕节为公历 7 月 7 日。

演讲。算起来，这已经是我第三次在那边演讲了。除了教会成员，还有许多教会以外的人特意来听。在我第一次访问联合教会后，有好多人写信寄到日本，请我第二年一定再去。我也没想到自己的国外巡演能坚持三年。

下一站是费城。岛田牧师正等着我。他是我非常尊敬的导师，和他有关的故事真是三天三夜都说不完。

他还很年轻，年纪在四十五岁上下。想当年，他在黑人街区做过“开拓传道”，就是不设教堂，直接站在街头传教。手枪子弹擦着脸飞过去的惊险场面，他经历过好几回。他充满了爱的力量，身体力行，据说还有“通灵”的本事。

据说在三年前，他对相熟的高柳女士说：“我有预感，在不远的未来，会有两位贵人来到我身边。”

一听说我会在追悼演奏会结束后前往纽约，他便意识到：“啊，这就对了。我预感到的其中一个人就是黑柳夫人！”

于是他连忙拜托高柳女士：“等黑柳夫人到了，你先把她借我用三天吧。”这就是我访问岛田牧师的始末。上天的安排是多么神奇啊！与岛田牧师的邂逅不仅让我受益匪浅，更照亮了我的亲戚——隆太的人生。

隆太患有先天侏儒症。进入青春期后，身体上的缺陷给他带来了巨大的烦恼与怨恨。重压之下，他开始半夜骑摩托车到处跑，也不好好去高中上课了。为了让他重新振作起来，他的父母操碎了心。

我跟岛田牧师讲了讲隆太的事情。

“我都不知道该怎么帮他。”

听到这儿，老师用食指和拇指打了个响指，不假思索地说：

“阿朝，把孩子送到我这儿试试吧。信仰其实就是勇气。”

后来，隆太去了美国，成了岛田家的一员。岛田牧师还有两个比隆太年纪小的儿子。幸运的是，隆太找到了没有高中毕业文凭也能就读的大学，简直像奇迹一样。于是他开始上大学了。

问题是，那边的课都是用英语上的。为了追上进度，隆太学得特别辛苦，但也真的拼尽了全力。他在日本都没好好上过高中，在美国却是一天假都没请过。

在日本，有些人对残疾人怀有偏见，觉得那是祖上做了坏事的报应。即使是不那么偏激的人，也会用充满怜悯与同情的视线看待当事人，甚至连他们的家人也是如此。

而在美国，“上帝不造无用之物”的观念深入人心，所以大家对待残疾人的态度也和日本完全不同。

多亏了当地温和的环境，再加上岛田老师满怀爱意的引导，隆太拾回了自信，脱胎换骨成了一个纯真淳朴的俊美青年。

赴美一年后，他第一次回国探亲，在原来所属的教会和其他地方分享了自己的经历。促使他改头换面的体验，还有那张散发着活力、熠熠生辉的脸最能打动人。

多年来为他不断祈祷的父母和我看到他有这样的成就，也觉得特别幸福，特别开心。我去美国的时候也多了几分期待，因为隆太就在那儿。

当年的“战争新娘”也都到了花甲之年。光看外表很难看出谁过得幸福，谁又背负着不幸，但我能感受到大家都很想念日本，怀着无限的乡愁，可是想回也回不去了。

我何德何能，在演讲结束后总能被第一代、第二代移民紧紧抓着手不放……只怪我能力不够，没法给他们足够的安慰。有时，我都不忍心挣脱他们的手离开会场。

还有来宾翻开《圣经》或赞美诗集的封面，让我在上面签名。我总是推辞说“我哪有资格在这里签名呀”，于是翻到最后一页的背面，写上“满怀爱与祈祷，特此留念”。

临别时，我都会由衷地为大家的健康与幸福祈祷，再许下承诺，只要身体撑得住，一定坚持每年都来访问。

大家把我捧成了天使，可我没好好学过《圣经》，作为一个人而言也很不成熟，是个有小犄角和小尾巴的天使。

去年回国后，我下了很大的决心，想趁机重新学习英语，于是花了大价钱报了外语学校的一对一口语班。我心里还有小算盘：只要钱花到位了，我就一定会因为心疼钱而努力学习的。

然而开始上课之后，我发现老师特别严格，一张纸、一支铅笔都不让带进教室，有什么不明白的地方也一律不准用日语问。我这种不讲究语法规范的英语当然也是不行的。一上课就从头紧张到尾，肩膀僵硬，血压也升高了，有种天旋地转的感觉。一点英语都不会的人从头学起可能还好一点，但我这么多年来一直是按自己的路数讲英语，还能勉强沟通，这种半吊子才是最糟糕的情况。

起初我抱着侥幸心理，觉得学习成绩会在说笑和批评中慢慢好转。但转念一想，碰上我这样的学生，老师才是真的倒霉。连我都有“头快炸了”的感觉，老师肯定特别想吼我，巴不得对着我的脑袋来一拳。越是这么想，心情就越沉重。最后我还是改了主意，继续按自己的路数来，最多就是增加点词汇量，这样更好些吧。

“我想退学，能不能把学费退给我啊？”

在接待处咨询这个问题，也只能用英语来说。

“老人自不量力”说的就是我这种情况吧。我也想忘记年龄，什么事都积极挑战一下，可惜还是太迟了。“大胆尝试就行”并不适用于所有的事情。我不禁开始反省，这次的目标太远了，实在够不着。

想当年，常有人找到我家先生说：

“我能拉吉卜赛之歌，也能拉柴可夫斯基的协奏曲，但都是按自己的路数拉的，所以想从基础开始好好学一下。”

听完他的演奏，先生常常开口婉拒：

“你有一份很好的工作，那就把小提琴当作业余爱好，继续拉下去吧。从头学起也是白白浪费时间，而且还会让你变得讨厌音乐。”

我的英语也是一样吧。多亏小女儿说，好不容易报的班，浪费了可惜，不如让她替我去上课，把中断了一阵子的法语捡起来。于是，问题就解决了，现在她正开心地学着。

“年轻是个宝啊……”

这件事让我深刻体会到了自己的不成熟。“明年在美国用英语来一场潇洒的演讲”之类，终究是无法企及的奢望。明明用日语演讲都还很不到位。

的确很有必要学一学正规的英语，但我想通了。对我来说，听好音乐、看好书和好电影才更有用。再说，做这些事也更开心。

像蜗牛一样缩在壳里，一边用触角探索周围的情况，一边谨慎地、慢慢地往前走……这种活法好像不太符合我的脾气。从今往后，我也要不怕摔，不怕冷水浇头，高喊着“我要前进啦”，活力十足地往前冲。

“你是伟大的外行人”

今年六月，岛田牧师到日本来了。他前往日本各地举行演讲，到东京的时候就住在我家。

回国后，他寄来一封特别感人的信，把我高兴坏了。

阿朝女士：

这次真的非常感谢你的多方关照。多亏了你，我收获了许许多多快乐美好、教人怀念的回忆。

我一直觉得，“活着”是可以跟“邂逅”画等号的。每次跟你说话，我都能明显感到自己邂逅了一个全新的你。你是罕见的“活着的人”。

回美国后，我立刻做了一场演讲，题为《信仰就是冒险》。生命一旦被规矩框死，就会迅速死亡。就算碰了一鼻子的灰，我也想做一个无时无刻不在做梦的人。在回程的飞机上，我看了保罗·杜尼耶[①]的书，书里有这样一段话：

“所谓开拓者，就是不知道该怎么做，任灵感指挥的外行人。彼得原本是渔夫，却突然被任命为教会的最高领导者。我之所以总会被外行人的成果强烈吸引，想必也是因为这个吧。

“在我的工作室，我就是个外行。在那里倒腾些木头和金属，能让我品尝到无上的愉悦。我还是外行的心理疗法医生、外行的哲学家、外行的演讲家和外行的作家。没错，对我来说，写书既不意味着教别人什么，也不意味着创造文学作品。写书就是来一场冒险，而且是和我认识或不认识的读者一起冒险……”

阿朝女士，你是最伟大的外行。这里的“外行”当然是褒义词。你从不把自己套进条条框框里，而是顺从生命，活得分外自然。大家看到这样的你都会发出惊叹：“其实我也想活成那样啊！”

请你不要轻易变成内行。我也是盼着自己做一辈子的外行。

纪明先生（我的次子）也让我大开眼界。世上竟然还

① 保罗·杜尼耶（1898—1986），瑞士心理学家。

有心灵如此纯洁、心地如此纯良的人！他演奏的小提琴曲也一定非常温柔、非常高雅吧。他的人格本身就是艺术品。

也请代我向彻子女士（我的长女）、贵之先生（我的三儿子）和他太太，以及阿峰阿姨（我家的帮佣）问好。能在那么漂亮的府邸小住，我深感荣幸。还有那道鲑鱼，我这辈子从没吃过这么美味的鲑鱼，一点都不夸张！太好吃了！

第二章

孩子他爸留下的作业

上帝的节目单

向当年总跟我吵架的孩子他爸祈祷

“孩子他爸，请你在天上守护我们。”

除了小提琴，孩子他爸最爱的就是“家”，世界上的所有东西都比不上它。

我相信，如今他已经进入天堂，也许拥有了巨大的力量。所以我们总是双手合十，齐心向他祈祷。

在孩子他爸三周年忌日那天，彻子以及另外三个孩子、六个孙子孙女和我，全家十一口人一起去给他扫墓。

在今后的路上，一定有各种各样的苦难等待着我们。孩子他爸的鼎力守护是必不可少的。他在世的时候，我从没有考虑过这些，现在反倒能深刻理解他的重要性了。

他特别讨厌一个人待在家里。即便是晚年身体变差的那段时间，我每次出门，他都想跟着一起去。远的有去北海道参加的同学会，近的有到家附近的超市和邮筒。

我这人特别爱花，一看到盆栽花就心痒痒。

和孩子他爸一起出门时看见盆栽，我也会盯着一直看，心动得不得了。

“买呗，孩子他妈。多漂亮呀。”

他每次都这么劝我。

可是出门随便买点东西，他也要跟着，我难免会嫌烦。要是对他说：“我去去就来，你在家里等我啊。”然后去附近买点熟食之类，买完赶回家一看，孩子他爸正坐在家门口的石阶上等我。

他每次都是这样，所以我一点都不感动，只会说：

“你又不是小孩子，傻不傻呀。”

写到这儿，我又想起了一件事。

那时，我的母亲还在世。有一天，弟弟打电话通知我说，母亲突然生病住院了。她平时身体很好，所以我吓了一跳，连忙赶去探望。出门的时候，我跟孩子他爸说：“我大概五六点回来。”当天傍晚，我坐车回家。下了车一看，他竟孤零零地坐在站台的长椅上。一想到他肯定是等不及了才会跑到车站来，就像盼着妈妈回家的小朋友似的，我就觉得他好可怜。但这真的是一个五十好几的大人会做的事吗？更何况，他还把真的小朋友撂在了家里……他就是那种没法在我外出的时候好好看孩子的人。

他不懂人情世故，也不讲究什么体面，难怪朋友和外人都用“纯真”来形容他。

其实孩子他爸平时脾气暴躁，稍微有点不顺心的事都会突然发火。作为小提琴家，他的确是个值得尊敬的人，可是天才和“笨蛋”不过一纸之隔。“受够了”的念头经常浮现在我的脑海中。而且我这人也不服输，会跟他顶嘴的，天知道总共吵了多少回，都不觉得腻烦。哭哭笑笑，前脚恨得牙痒痒，后脚又和好了。能一起走过五十三年可真不容易。难道做夫妻就是这么回事吗？

然而，这样的孩子他爸已经不在了，一切都结束了。

他总是渴求着我的爱。从某种角度看，我身为一个女人享受到的幸福真是多得不能再多了，可我身在福中不知福。孩子他爸，对不起啊。

随着时间的流逝，一直跟我吵架的孩子他爸渐渐变成了老好人。

岁月和人的死亡真的能冲走一切，净化万物。

上天会把人心一点点往“善”的方向扭转。这些都算是“爱的形状”吧。

我就是守墓人

据说黑柳家是从江户时代开始做药材批发生意的，铺子开在日本桥一带。近百年来家里一直没有男孩诞生，靠着招女婿之类的法子才守住了历史悠久的家名。

孩子他爸的母亲也是独生女，照理说她必须继承黑柳家的家业，可她跟一个姓田口的医生结了婚。医生是虔诚的基督徒，在本所（东京都墨田区）经营一家诊所。她的父母像留遗言似的求她，等她有了孩子，一定要让其中一个男孩继承黑柳的家名。

万幸的是，田口夫妇生了三个男孩。于是老三成了黑柳家的继承人，也就是孩子他爸。想当年，家名、家徽之类的可以证明一个人的出身来历，所以很受重视。

孩子他爸从小过着跟家人“不同姓”的日子，也许是在用行动表示抗议吧，他成了远近闻名的淘气鬼。叫得出名字的恶作剧，他一样不落都做尽了。听说他的父亲家教很严，经常惩罚他，甚至把他的四肢都绑住，整个人都变成了一个球。

与其说他对各种惩罚毫不畏惧，不如说他是太渴望温柔的爱了。是寂寞与渴望让他产生了这种抵触之心吧。

哥哥们和家里的学生都合起伙来开他的玩笑。

“你是被丢在日本桥底下哇哇大哭的弃婴。”

“你当年被丢在我们家门口，襁褓里只有一张写着名字的纸，是爸妈发善心把你养大的。”

要是孩子他爸气得哭喊：“你们胡说！你们胡说！”对方就会继续说下去：

“我们说的是实话，不然为什么只有你的姓不一样啊？”

他那时该有多气愤，多沮丧啊。听说他还在心里这么想过：

“三兄弟里挨骂最多的也是我，说不定别人说的都是真的呢……”

十多岁的时候，他严肃地跟母亲提了好几次：

“妈妈，我不会生气的，你就跟我说实话吧！”

我时常觉得孩子他爸的性格有几分阴暗，说不定就是童年的疑问与烦恼造成的。一想到这儿，我不由得同情起他来。

我听说孩子（尤其是五六岁之前）需要一个能安心成长的环境，需要爱的浇灌，因为爱是让孩子茁壮成长、变得活泼开朗的肥料。

花匠也说，种树是很讲究底肥的，要是底肥不够，以后再怎么追肥都长不好。

也许延续家名的确很重要，可是这么做给幼童留下的心灵创伤有多严重，也只有当事人才知道了。

如果孩子他爸没继承黑柳这个姓氏，那我就是“田口朝”，彻子也会变成“田口彻子”。这么一想，还真有些好笑。

黑柳家的祖坟位于浅草附近的藏前。

孩子他爸生前每次带我去扫墓，都会先到寺院借来长水管，一边往墓碑上浇水，一边用从家里带的刷子仔仔细细地刷洗。他脱下鞋袜和外套，卷起裤脚和袖子，擦得分外拼命。我就拿着大把的线香和莽草[①]，站在不会溅到水的地方，看着他勤快地忙活。

他在家里是那种酱油瓶倒了都不扶的人，只有在洗墓碑的时候，才会拿出江户男儿的豪爽劲，举手投足仿佛都透着这种感觉：

“我就是黑柳之名的继承者，是黑柳家的守墓人！”

他没对母亲尽过多少孝，但还是好好遵守了母亲的遗言。

---

① 日本传统祭祀用品，常摆放在佛坛和墓碑前。

深爱之人长眠于此

在距离黑柳家之墓五米开外的地方，是我的娘家门山家和我舅父继承的古山家的墓地。

古山舅舅是我母亲的哥哥。我离开北海道到东京念音乐学校时，就借住在他家，受到了不少关照。那会儿，他还是《株式新闻》[1]的社长。可惜他晚年突发脑溢血，在病床上一躺就是好久。舅母是地道江户人的脾气，特别靠得住，而且心地善良，无微不至地照顾卧病在床的舅舅。两三天就给他刮一次胡子，睡衣和床单总是干干净净的。看着舅舅的病床，让人觉得神清气爽。天气好的日子，她还会把舅舅抱到走廊的椅子上，给他戴上塑料围兜，用剃刀帮他理发。我都想象不出身材娇小的舅母是怎么把人高马大的舅舅抱过去的。没有满腔的温情与热忱，绝不可能把一个瘫痪在床的病人照顾得那么好，而且这一照顾就是十二三年。我和孩子他爸时不时去探望一下，可从没听她说过“照顾他十多年好累啊”“好辛苦啊”之类的怨言。即便是在战争刚结束、粮食特别紧缺的时候，她也是宁可饿着自己，也要想方设法让舅舅吃上好的。

“舅妈，你太了不起了……”

---

① 1949 年创刊的专业证券报纸。

每次我这么感叹，她都会说：

“瞧你说的，多亏孩子他爸拼命工作，我才能过上好日子。而且他对我也很好。现在轮到我报答他的恩情了。”

话是这么说，可舅母又不是嫁了个大圣人，肯定也吃了不少苦。

我总跟孩子他爸说：“换成是我，我肯定会想‘熬了这么多年，总算轮到我报仇了’，哪会像舅妈那样周到啊。”

孩子他爸每次在回家的路上都会感叹：

“真是昭和的美谈啊。”

舅舅毕竟是我的血亲，所以我特别感谢舅母。

孩子他爸三周年忌日那天，我们全家一起去扫墓时，纪明看见舅舅坟头立的还是木制墓标，就说：“只有那么一根木头，感觉好可怜啊。买块墓碑要花很多钱吗？大家各出一点，弄一块小的给他换上也好。”

我也说：“还真是……”扫完墓，我就直接回家了，但那根木头一直在脑海中打转。想着想着，我就下了决心。

有了，我父母的骨灰都在山形。要不干脆把他们请到这边，和古山舅舅葬在一起吧。之后弟弟一家人也能在同一个墓穴安眠……

山形太远了，我无法经常去给他们扫墓。但古山家的墓离孩子他爸的很近，迁过来就方便多了。而且对孩子们来说，那座墓也会变成外公外婆、舅舅舅妈长眠的地方。想到这儿，我的心情立刻激动起来。

既然都想好了，那当然是事不宜迟。我连忙打电话给墓地所在的寺院帮忙介绍的石料铺。

我跟石匠讲了讲大致的情况。对方说：

“那我明天或后天带着样品上门拜访吧。”

我还以为他准备拉一卡车的墓石到镰仓来，吓了一跳，连忙婉拒。

“您带样品过来也不好办呀，我家都没有停车场，还是我过去吧。”

“哈哈哈……”电话那头的石匠发出爽朗的笑声，“样品都是很小的。”

后来，他如约上门来了。随身携带的小包里果然装了好几种样品。

我一开始说：“我想用大理石的，尺寸小一点也没关系。”但石匠说，大理石经不起风吹雨打，不适合做墓碑。

于是我挑了一种大体是白色、少许地方带有粉色的石材，请石匠做成五十厘米高，六十厘米宽，再用柔和的字体横着刻下几个字：

然后在右下角到中间的那块地方刻两三朵百合花，一朵绽开着，一朵还紧紧闭合着花蕾，还有一朵马上就要开了。左下角刻上“门山家”和“古山家”。

“只有那么一根木头，感觉好可怜啊”——纪明随口说的话，竟让我办成了一件能带来巨大幸福感的大事。真得好好感谢上天构思的节目单。

最为这件事高兴的是我的舅母。老人家今年八十六岁，身体康健，可惜眼睛看不见东西了。她一边听大家的描述，一边用手一遍遍抚摸白里透粉的新墓碑。她的独生女节子出嫁了，所以她平时总是叹着气说：“就算弄了墓地，也只有孩子他爸和我两个人，孤零零的。”这下可好了。

“兄妹俩能葬在一起，多热闹啊，还有比这更令人开心的事儿吗？我一定嘱咐节子，让她来扫墓的时候顺道去黑柳家的墓前供花。”

我也说：“嗯，我们也会的！”

孩子他爸三周年那天，纪明一家最先到达寺院，帮着刷洗墓碑。爸爸当年洗刷墓碑的模样，他是不是都看在眼里了？只见他把水管放在脚边，鞋子脱在一旁，袜子塞进鞋里，这完全是他爸爸的做法。孩子果然是看着父母的背影长大的，没必要刻意去教。

我打算先对孩子们瞒着新墓碑的事情，当成只属于自己的小秘密，到秋分再说。

“这墓碑是谁弄的？神不知鬼不觉的。”

大家绝对会吓一跳。但是仔细瞧瞧墓碑的设计，他们就会反应过来了。

“肯定是妈妈弄的。”

我所怀念的人，都竭尽全力走过了那一段遥远的岁月。“深爱之人，长眠于此”——这是我献给他们的安魂诗。

有朝一日，我在离开人世时，也能留点什么东西在大家心里吗？虽然我是个不中用的母亲。

为了爱得更深

偶尔也开张账单给我嘛

昭和五年到昭和六年（1930—1931）那会儿，孩子他爸跟我刚结婚没多久，当时我们睡的是双人床。就是这张床，给我带来了无尽的烦恼。

“我们结婚几十年，一直是睡双人床呀。”我周围有很多朋友也是这样。每次听他们说起这个，我都特别感慨。

你问我为什么？因为睡同一张床的话，手会擦到，脚会碰到。这样太危险了，碰着碰着，就难免“走火”，我真是一点办法也没有。

每次这么说，大家的反应都是：

“哎哟，真羡慕啊！”

可凡事都讲究一个“度”。说得夸张点，孩子他爸是“开心也要那个，难过也要那个”。他还厚着脸皮对我说什么“比起一天三顿饭，我更喜欢那件事”，还有“人生要是没有那个，还不如死了算了”。

说出来吧，大家可能会觉得我假正经。其实在很长一段时间里，我一直无法想象男人竟然会为了欲望花钱找女人。

是不是上天为了防止人类灭绝，特意拿走了他们的羞耻心？

说起来，我还听说过这样一个故事。

据说这个世界刚诞生的时候，掌管雌雄交合的神要跟每种动物约法三章。最先来请示神的动物是狗。

“我们应该在一年里的哪个时候恩爱呢？”

“嗯，那就定在春秋两季吧。”

然后是猫和兔子，接着是熊。

“熊啊，你整个冬天都在雪下睡觉，有的是时间，就在冬天繁衍吧。”

熊猫也去了。

“你个头很大，但心思细腻敏感，所以我会让你的孩子小得跟鱼宝宝一样。”

神根据每种动物的秉性和体质，精心设计了每个细节。

所有动物都这样请示了一遍，所以最后轮到人的时候，神都累坏了。

“人啊，反正你们很聪明，我允许你们在自己想恩爱的时候就恩爱，想怎么恩爱也随便你们。”

于是，一年四季都能恩爱就成了人的专利。

为了相互确认对方的爱，为了爱得更深，也为了随时抚慰漫长人生路上的艰辛，上帝送了一份绝妙的礼物给人们。

我敢打包票，和我结婚后，孩子他爸从来没有过外遇。

曾有电视节目说，世上不可能存在没有外遇的男人。如果真是这样，带着这种本能诞生的男人真是太可悲了。在我们家，不搞外遇的“负面影响”（也可以说是压力）大概全都被我承受了。

当然，有些男人不仅不会觉得这种本能可悲，还会引以为傲呢。可是和特别喜欢那件事的男人结婚的女人到底开不开心呢？我当年总想，要是人也有“淡季”该有多好，真想去一个没有那件事的国度清净清净。

孩子他爸对我说过：

“你偶尔也开张账单给我嘛！”

我摆着手回答：

“哪里的话，你付钱太爽快，我都没工夫开账单了。”

太过头也不好……

孩子他爸十五六岁时就是专业的小提琴手了，能靠拉琴赚钱，所以跟我结婚之前，他已经把能经历的事情都经历过了。

他跟比自己大十岁的女画家同居过，而且当时恰逢红灯区的全盛期，只要兜里有闲钱，他就会去横滨本牧的此类地方游荡。

我觉得“花钱找女人”是一件极其不可思议的事情，还问过他：“你们到底是怎么跟人家开口的？”他就乐呵呵地描述了一遍。

明明是我主动问的，可越听越生气。

不过孩子他爸也说，要是他以前在外面住，回家的时候刚好碰上学生上学，就会觉得那些擦肩而过的穿着校服的女学生像天使一样，而自己好像特别肮脏，心里感到很难受。

大约在我们结婚的第十五个年头，他应征入伍了。战争结束后，他在西伯利亚成了俘虏，整整五年间生死不明。

他不是那种身体很强健的人，能从严寒的西伯利亚平安回来实在不容易。为了这件事，我不知向上天道了多少次谢。不过打那以后，我就让他把双人床换成了两张单人床，因为分床睡是我的夙愿。他被扣留了那么久才回来，那方面的念头当然旺盛得很。于是，我的苦日子又开始了。

为了让我提起兴致，他也是热情恳切，想尽了办法。可我要担心孩子和钱的问题，哪里还有那种心情。孩子他爸拉小提琴的时候是全身心扑在小提琴上，可关灯就寝之后，就满脑子都是那件事了。也许他是很会切换状态吧，也说不定他是通过忘记一切来释放压力。

但我是“混合型”的人，做不到一码归一码，所以我总是嫌他烦。

要是能对准他的脸打上一拳，大喊“现在不要！”，或是一脚把他踹得远远的，那该多爽快啊！这样的念头，我都不知道有过多少次了。太过头也不好，容易变得歇斯底里。

吵架的时候，孩子他爸也总是用那件事来和好。我心里不痛快的时候是绝对没兴致的，但他不一样，就算是吵得正凶的时候，只要我主动，他也会立刻给予回应，顺势和好。虽然他已经去世了，但是我总觉得他会嚷嚷着“那个还没够呢”，再次现身。

以前，我曾经看过一部名叫《如果我有一百万》的外国电影。

故事讲的是一位青年在出售顶级玻璃和陶瓷器皿的商店工作。就算是把他卖掉，估计也没有店里的东西贵。一天，他在拾掇货品的时候一不小心把手里的东西打碎了。店主破口大骂，要他照价赔偿。

如果我有一百万，成了有钱人，我就要用长长的铁管，把那些漂亮的器皿统统砸烂——这就是那位青年的梦想。

影片中还有一个风情万种的娼妇登场，但我不记得她跟那位青年是什么关系了。为了让客人享受欢愉，她在床上铺了带刺绣的床单和被子，放着两个枕头，而她自己也穿着美妙梦幻的真丝睡衣。

如果我有一百万——屏幕上出现了这样的画面：她把奢侈的床上用品统统扔光，换了一张朴素的床，铺上了棉质床单，只留一个枕头，穿上法兰绒睡衣，舒舒服服睡着了。

虽然剧情本身很滑稽，但我很有共鸣，一个劲儿地想："我懂！我懂！"价值观这种东西，真的会随着情况而改变。我长年的烦恼，在旁人眼里大概就成了身在福中不知福。有人会觉得，你抱怨这个可是要遭报应的，我羡慕都来不及呢。

历时数年的分床大战

我一直把孩子他爸描述成脑子里只有小提琴这一根筋的人，

可是考虑到他对“那件事”的热爱，就得改口说他是只有“两根筋”的人了。

无论如何，都要把床搬到我自己的房间去。于是，我开始制订分床计划了。

当然，孩子他爸觉得我是无理取闹，摆出一副坚决不同意的态度来。但每次吵架，我都暗示他：“我就是不想跟你一起睡！”斗争了好几年才取得胜利。好不容易分开了，他居然又趁我不在，偷偷把床搬了回去，气得我留下一张字条说“不分床，我就再也不回这个家了”，直接离家出走。

我晚上入睡很慢，所以睡前总要写写信，看看书，或是和彻子他们打打电话。要是睡在一个房间，我还这么做，肯定会吵到孩子他爸睡觉。我就想在自己的房间里开着灯干这干那，弄出点声响也不用顾忌别人，慢慢悠悠、自由自在地享受夜晚的时光。可是再怎么解释，孩子他爸也听不进去，总是露出十分悲伤的表情，好像一个被迫断奶，或是被人抢走了心爱布偶的小宝宝。

如今，我过上了与这种斗争无缘的生活，这当然是天大的好事。但我有时也会不由得同情起孩子他爸。

我总是被他的爱追着跑，为吃得太饱而头疼，但有些夫妻恰恰相反。丈夫无法回应妻子对爱的索求，不得不在恐惧中迎来夜幕的降临。

为了躲避妻子的“袭击”，他们不是喝酒喝到很晚才回家，就是装醉睡过去，或是故意发出响亮的鼾声……

因为感情不合拍，导致一方把那件事看成了“任务”，当然让人很头疼。不过，让双方都感到很满意还挺难做到的。

丈夫埋头于艰辛的工作，以至于少有那方面的心思……在漫长的人生中，难免会遇到这种阶段。妻子明明想在今晚温存一下，丈夫却没有体察到她的心情。遇到这种情况，做妻子的当然会感到失落。

我觉得这种时候，要动脑筋把心结合起来。也许孩子他爸是个怕寂寞的人，才会不断追求与我的心灵结合吧。看看他生前和我一起拍的照片就知道了。每一张照片里，他都是紧挨着我，还把手搭在我的肩上。

院子里的猕猴桃树去年满四岁了，开了很多小白花，蔚为壮观。听说种猕猴桃树时要两棵雌树配一棵雄树，否则不会结果，我们就照办了。

我这人很贪心，一直想让树多结些果子，想自己动手帮雄花和雌花授粉。毕竟这年头蝴蝶、蜜蜂和各种虫子已经不多见了。

拿着特意买的新毛笔走到花前一看，放眼望去，白花花一片，哪里还分得清雌雄啊。“这下没戏了……”我只能作罢，决定顺其自然。

转念一想：“雌树和雄树的根肯定会在地下缠在一起，到时候说不定就能结果了。”

到了夏天，树上结出将近三百个圆圆的小果子，乍看像土豆一样。眼看着果子一天天长大，我开心坏了。每次家里来客人，我都要趁人家还没脱鞋的时候先把人带去后院显摆显摆。等果子长到最适合吃的大小，便连枝条带果子一起剪下来，发快递寄给远方的亲朋好友。还用滤网把果肉碾成泥，加一点点柠檬汁，就成了猕猴桃果酱，我做了一堆这样的果酱，也榨了很多果汁。

一天，我打车时碰上了一位很懂植物的出租车司机。聊起家里的猕猴桃，我说：“都没什么虫子来，它是怎么结果的呀？真是不可思议……”

司机用很有把握的语气告诉我：

“雄树和雌树的藤蔓缠在一起，就能结果了。形容两个人经常待在一起，不是都说‘那两人老黏在一起’吗？这个说法就是从猕猴桃来的哦。”

他说的是真的吗？

我认定坏事要偷偷摸摸地做，还以为树根是在地里接头呢……现在回想起来，都觉得自己的思路够滑稽的。

有生命的东西会不断增多，这是自然的哲理，根本不需要我瞎操心。

不过话说回来，无论在哪个时代，人世间的恩怨情仇、紧张纠结的纷争好像都和“性”沾边。真的是我多心了吗？但这也反映出了性是和人类密切相关的东西，是非常重要的。

要是掌管性的神明能为人类设计出一套更精巧的机制就好了。

母亲节的信

我先生是个溺爱孩子的父亲，对彻子是含在嘴里怕化了，捧在手里怕掉了。这当然不是坏事，只是父女俩一打闹起来就没完没了，一会儿相互胳肢，一会儿跟小狗似的扭打在一起。闹着闹着，他甚至忘记了彻子是小朋友，而自己是父亲，我都不知道该说什么才好。

到最后，打闹总会发展成吵架，以爸爸动真格吼彻子，彻子掉眼泪收场。

在彻子三四岁的时候发生过这么一件事。父女俩在阳台上玩游戏，爸爸把女儿放在一个有点高的地方，让她往下跳，爸爸在下面接着。听见他们叫得越来越欢，我心里捏着一把汗，只觉得这么玩下去肯定要出事。

果不其然。先是“咚！”的一声，接着孩子的叫声传来：

“哇——”大概是彻子跳下来的时候，孩子他爸没接住。眼看着鲜血从彻子的额头和脸颊上渗了出来。

大事不好。孩子他爸慌了神，不知如何是好了。

“你们总是这么瞎胡闹！”

被我这么一说，他的担心和心疼顿时转化成了怒气爆发出来。只见他抓起一旁的烟灰缸猛地朝我扔来。我侧身躲开，可彻子就在我身后。烟灰缸正好砸在她那正在流血的额头上。连中两击，屋漏偏逢“烟灰缸”，太惨了。

这下可好，孩子的额头被砸出了一个大肿包。于是，我们夫妻俩又吵了起来。

孩子他爸的爱就是这么一塌糊涂，不过孩子们都很清楚爸爸是多么爱自己。再加上他已经去世了，大家回忆起当年的往事，都倍感怀念。孩子真是让人欣慰啊。

当然，爸爸也是纪明的小提琴老师。每一次教孩子，他都严厉得像魔鬼一样。

学琴的时候，纪明脸上总是一把鼻涕一把泪的。

当时正是男孩子最贪玩的年纪，更何况爸爸让他做的是他最不愿意做的事，可把我心疼坏了。我经常跟孩子他爸争辩：

“要活下去，又不是只有拉小提琴这一条路能走。他又不喜欢拉琴，干吗这么逼他呢！”

“我留不下什么财产给他。管他喜不喜欢拉琴，只要练上几年，他以后就能靠这个养活自己了。这也是我唯一的遗产……”

这是孩子他爸的口头禅。

难为纪明一直咬牙扛着。一看到他抹眼泪，带着落寞的神情和自己最疼爱的狗狗玩耍，我就心疼得要命。

有一次，我实在看不下去了，一把抢过纪明的小提琴，怒道：

“别拉了！妈妈帮你把琴摔了！任谁都能养活自己，就让孩子做他想做的事吧。纪明的人生是属于他自己的，何苦勉强让他做不情愿的事呢！”

我是真的动了气，想把小提琴摔在地上砸个稀巴烂。

可就在这时，纪明从我手中夺回了小提琴，边哭边说：

“我拉！是我自己没好好练！”

为这种事争吵时，整个人就像掉进了地狱。

好容易翻过了一个山头，还有一个又一个更高的山头在前面等着……学艺就是这样，总要面对一首首高难度的曲子。即便是真心喜欢拉琴的人也很难成为职业乐师。不是练的时间够长就能有成果。

与生俱来的才能与感性是必不可缺的。即便是那些七八岁就已经展现出惊人天赋的人，也不一定能取得成功。

但纪明是个实诚的好孩子，他知道自己要是放弃小提琴，爸爸一定会很伤心，所以咬紧牙关坚持下来，好不容易成了职业乐师。

话说当年他去国外深造，好久才回来一趟。有一天，他对爸爸说："我在拉《勃拉姆斯弦乐四重奏》，爸爸你听听看吧。"

说完便拉了起来。我觉得他这么做其实是为了让爸爸开心。

"是吗。"孩子他爸起初是这么说的，可惜好景不长。

"什么啊，拉成这样还有脸拿工资！"

他听着听着就发起火来，让纪明重新拉了几遍，折腾了好几个小时都没消停。

可是，纪明现在回想起来是这么说的：

"我当初十分不情愿，又没有天赋，幸亏爸爸能那么严格、那么起劲地教我。他要是不教我，日子该有多轻松啊。

"也许他觉得世上没有比音乐更美好的东西了，所以想帮我改掉'挑食'的毛病。我当年不知哭了多少回，可是真正想哭的人应该是爸爸吧。在音乐这方面，爸爸的毅力真是太顽强了，我真心佩服他。"

要是纪明没当小提琴家，他会从事什么职业呢？这个我也说不好。但他肯定不会用"不幸"来形容现在的自己。毕竟不论选择哪条路，活着都不是一件容易的事。不过纪明好像没强逼自己的孩子搞音乐，也没特意管教，而是让孩子拿主意。

其实，我先生上了年纪以后总是期待纪明的来访，一直对他说：“你的琴声特别棒！”还会跟孩子聊聊斯特拉迪瓦里的乐器、乐器工匠和演奏家之类的。父子俩一聊起小提琴就有说不完的话，度过了许多愉快的时光。

去年母亲节那天，纪明寄来一封厚厚的快信给我。信封上贴了各种各样的纪念邮票，全是花朵图案的，足足有十二张之多。信封背面写着：

> 妈妈会收到很多康乃馨吧，妈妈爱花，那我就多寄些印着花的邮票给您。

纪明的信总是充满温情，让人感动。他还给我写过这么一段话：

> ……妈妈，妈妈，我真的很感激您在我二十岁的时候，不顾大家的反对送我去欧洲留学。外国的友人、正宗的音乐、美丽的大师之作和风景……和他们共度的十多年，是用钱也买不到的宝贵经历。
>
> 最关键的是，在接受欧洲的老师们的指导时，我清楚地认识到，这么多年来父亲教给我的东西，都是高水平的

“真材实料”。

我从小学琴，学得都烦了，但出国前我一直没认识到父亲的教导是多么可贵，有多大的价值。

就好像别人在你没食欲时请你吃的美味佳肴，永远比不上用自己辛勤工作换来的钱买的东西好吃。这个道理是我在欧洲悟出来的，也是妈妈赐予我的巨大收获。能靠着并不高明的小提琴技艺在外国的交响乐团谋到一份差事，也是在出国之后才能体会到的宝贵经历。

妈妈，真的谢谢您。说几遍谢谢都不足以表达我的感激。

在NHK交响乐团，外国来的指挥家每天都对我们提出各种要求。我不是用耳朵听对方说，而是用心理解他的意图。所以要是有机会的话，我也想让我的孩子们看一看那广阔的世界。

我不像姐姐那样有力量，也没有余力为世界和平祈祷，总感觉自己是多么无能，什么都做不了。但无论如何，我都想营造快乐和谐的家庭生活。

前些天，我们全家一起去扫墓，着实让我感到欣慰。不过，就算爸爸要在墓前再给我上一堂课，我也是要说NO的。

真是要命啊。人这个东西……不，是“我这个人”。

不过，我最近在拼命地练琴，而且是发自内心地练。这并不是因为练琴让我感到快乐，只是练得多，工作的时候就轻松了，心态也能多多少少从容一点。这份从容的分量可是沉甸甸的。

听说您又在写书了。我知道您一直担心出书会不会给姐姐和我们添麻烦。请尽管放开手脚去写吧。如果妈妈和爸爸没有结婚，我们几个就不会出生了呀。

姐姐的努力与善良，我真的一直很佩服。

此时此刻，我想起了您之前住院做手术那天的事。爸爸、友理和我们几个人都站在手术室门口等候。只见您盖着雪白的被单，被人用活动的病床推了过来。见到我们，您举起白皙的手挥了挥，好像在说“别担心啦”。然后，您就被推进了手术室。“砰！”手术室的门一关，我们全都哇哇大哭起来。大概是您的坚强把我们弄哭的吧。那一幕光景，我一辈子都忘不了。

看到您现在这么有精神，忙着做各种各样的工作，我真的高兴极了。

先到这儿吧。妈妈，请多保重！

母亲节有感　您的儿子

陪爸爸玩

小儿子贵之是在我先生从西伯利亚回来以后出生的。生下他的时候，我已经四十七岁了。因为我们失去过一个儿子，幼子的降生给我们带来了无上的喜悦。

孩子他爸会跟贵之玩摔跤，然后故意摔倒输给他，拍着手夸他“厉害厉害”。一听到我和哥哥姐姐训他，孩子他爸就嚷嚷着“怎么了，怎么了”，从里屋冲出来替他说话。贵之想要什么玩具，爸爸都会买给他。答应他要带回家的东西，就算绕再远的路也一定买回来。

贵之六七岁的时候，我们去百货商店给他买玩具车。孩子他爸硬说孩子长得快，想给他买一辆还骑不了的很大的车。

我嫌贵，又觉得小孩子没那么多讲究，形状差不多的就能玩，随便挑一辆就是了。于是我们在店里吵了起来。孩子他爸怒斥我“小气”，一个人愤愤地踏着大步回家了。孩子哭了起来，在围观的人面前出了洋相。最后，我们订了一辆尺寸最小、外形很可爱的车，让店家送货上门。孩子也开开心心地跟我回家了。

两三天后，车送到了。孩子他爸已经把订货那天的事忘得一干二净，直说：“这个好，这个好！开不开心呀？开不开心呀？”还跟儿子一起玩了起来。每次都是这样。翻脸跟翻书一样快，我真是十分佩服。

小儿子一直都是这样陪爸爸玩的。在我先生六七十岁的时候，贵之还会跟他扭在一起打闹呢。

孩子他爸的晚年基本是在床上度过的。不是拉琴，就是擦琴，要么看看电视之类。贵之明知道爸爸最怕痒，还故意挠他的脚心，而且每次都是突然袭击。爸爸痒得大叫：“停下停下！爸爸动一动很吃力的。”可贵之就是不放过他，继续挠胳肢窝和脖子。父子俩就这么哈哈大笑，扑腾打闹个没完。

有一次，贵之偷偷绕到爸爸的头旁边，在他头顶秃了的地方轻轻挠了几下。一场欢闹又开始了。

“还有完没完了，爸爸都是一把年纪的老头子啦！”

我这么劝也没用，他们还是闹得欢。当时贵之二十五岁，孩子他爸已经七十多岁了，真没想到世上还有这样的父子。想必这也是贵之尽孝的方式吧。而且他的情况和彻子他们几个都不一样，闹到最后也不会有一方被气哭。我总对贵之说：

“你是在陪爸爸玩吧。”

纪明小时候可不是这样。别说跟爸爸玩了，除了练琴，他平时都不敢接近爸爸一步。看到爸爸跟贵之打闹，纪明就会感叹：

“我真不敢相信自己看到的光景。”

孩子他爸真是太幸福了。

年过七十以后，他在下巴那里留了一把稍微有点长的胡子，变成了一个安静又时髦的和蔼的老头儿。人也没有瘦成皮包骨头，去世的时候，面相看起来也很安详。

镰仓的日本基督教团在雪之下教堂为他举办了一场朴素而温馨的葬礼。仪式由加藤常昭牧师主持。棺木上盖了一块黑色的天鹅绒布，上面只绣了一个银色的十字架。孩子他爸胸口处装点着他毕生挚爱的小提琴和琴弓。

在葬礼的最后，纪明作为家属代表上台发言，感谢各位宾客在百忙之中抽空前来。他是用这番话为演讲结尾的：

> 我是在NHK交响乐团排练的时候接到通知的。能坐车的地方就坐车，没车坐的地方就拼命跑，十万火急地赶

到医院，却没能在父亲还有意识的时候见他一面。

如果到医院时他还清醒着，那他会给我们每一个人留下怎样的遗言呢？我想把这份念想当成今后的作业，好好研究下去。

第三章

美国体验的源头

“带小尾巴的学生”

烈驹阿朝

据说四月开播的NHK晨间剧《烈驹》中，女主角橘阿铃的原型是活跃在明治、大正年间的女记者矶村春子。

矶村女士出生于明治十年（1877），故乡在福岛县相马郡。而我的母亲出生于明治二十一年（1888），刚好差了十多年。

矶村女士的初恋是基督教传教士。受其影响，她进了仙台的新教学校——宫城女校（即现在的宫城学院），在那里接受了当时非常新潮的西式教育，也度过了多愁善感的青春时代。

与实业家结婚后，她也没有放弃学习，进了刚成立不久的日本女子大学的英文科，后来还在女子英学塾（即现在的津田塾大学）入了学籍，师从津田梅子老师，用心磨炼英语技能。

最关键的是，她是挺着大肚子去上学的。这样的人生经历也体现出她是一个多么热心好学、多么有行动力的女性。她可不是寻常的“烈驹”。

毕业后，她凭借着出众的英语水平和写作能力成了《报知新闻》的记者。采访外国来宾自不待言，著名的“叶山日阴茶屋事件”①和其他大事件的现场也有她的身影，表现十分活跃。

当年的报纸会给所有的汉字词语标注假名读音，矶村女士又总是带着幼子去报社上班或跑现场，于是就得了这样一个雅号：“带尾巴的记者”。②

我的母亲也是宫城女校的毕业生。因为学校离家很远，她不得不寄宿在别人家里。听说和她最要好的是原阿佐绪阿姨，她俩都是从乡下出来的。原阿姨美貌出众，后来成了一位著名的和歌诗人，因为和有家室的东北大学石原博士的恋情，而引起了轩然大波。她也是著名演员原保美先生的母亲。

从女校毕业后，我的母亲和当医生的父亲相亲结婚了。但在我五六岁的时候，她从遥远的北海道回到了宫城女校，成了圣经学科专业的学生。

---

① 1916 年 11 月 9 日，无政府主义者大杉荣在神奈川县叶山的日阴茶屋遭《东京日日新闻》的女记者神近市子刺杀。

② 指矶村女士带着小孩工作就像汉字带着假名注音一样。

她撂下了我的父亲和兄弟，只带了我这个“小尾巴”。现在回想起来，她的活法在当时也算是相当与众不同的了，真让人吃惊。

美国有一项延续至今的“重新入学制度”，学生可以在休学或毕业若干年后回到学校继续修自己想拿的学分，离校期间不缴纳学费也没关系。换句话说，学校的大门永远向有学习意愿的人敞开，谁都能重新回到校园。所以时任校长的法斯特老师才会批准年过三十的母亲带着孩子再次入学吧。

“终身学习”是当下很火热的话题，要是每一所学校都能开通这样的入学渠道，该有多好啊。

言归正传，我跟着母亲离开了北海道的偏僻乡村。红砖砌成的校舍和各位外国老师在我眼里显得分外稀罕，分外时髦。每天早上我和母亲一起上学。她会叮嘱我“自己要乖乖玩哦”，然后去上课。我就在校园里边玩边等。课程有时是三点左右结束，有时则要上到傍晚。

好在校内的宿舍里住着一位教音乐的佐藤老师。她的丈夫已经去世，她带着比我大一岁的女儿千枝子一起生活。我很快和这位小姐姐玩到一起，在校园里玩腻了，就去附近的广濑川河滩上捡捡漂亮的石块啦，唱唱歌啦。我们俩都没有父亲的陪伴，却一点也不在乎。千枝子已经上小学了，所以她去学校的时候，我就只能一个人玩。

不可思议的是，我一直记得那段时间的生活，连细节都记得清清楚楚。

时髦的文化冲击

学校里有好多位外国来的女老师。直到现在，我还记得她们的名字：

修奈达老师、汉森老师、林瑟老师、塞普尔老师、德山老师、布里克老师……

除了名字，我还记得那个年代的老师们常穿的鞋头尖尖的系带鞋、藏青色的哔叽连衣裙、典雅设计的套装……母亲告诉我，法斯特老师是校长，还叮嘱我见到每一位老师都要乖乖打招呼。于是我就照办了。

“法斯特老师，早上好！”

“汉森老师，您好！”

无论一天见几次，我都会很礼貌地向老师们问好。老师们也会表扬我：

“好可爱的小姑娘呀，又懂礼貌。”

被这么一夸，我更来劲了，鞠躬的动作更加标准。

我虽然年幼，却很清楚自己并不是这所学校的学生，随意进出校园、到处乱跑是不太好的。可能正因为有这种愧疚的驱使，我才会尽量表现得讨人喜欢一点吧。

每位老师都会用不太流利却很温柔的日语回应我的问候，或是摸摸我的头。

千枝子姐姐说，塞普尔老师养了马，还会跟马说话。我特别想亲眼看一看她是怎么跟马沟通的，可惜一直没机会看到老师骑着马来学校。至于哪位老师是教英语的，哪位是教圣经的，哪位又是教音乐的，我也一清二楚。

当时我总穿元禄袖的和服，配一条带白点的布腰带，头上系着大大的缎带蝴蝶结，脚踩红漆木屐。

儿时的我也是一匹精力充沛、活泼好动的“烈驹”。还在北海道的时候，我就是远近闻名的爬树高手，所以到宫城女校之后，我迅速物色了几棵高高的树，坐在最舒服的树枝上看看书，或是观察在树下来来往往的学生。有时候，我甚至会在树上喊老师的名字，跟人家打招呼。

“危险，小心点啊！”

每次看到我爬树，老师们都会这样劝阻。

那时候的女学生都梳着西式发髻，现在的人管那种发型叫

“蓬巴杜式”。我的母亲也不例外，穿的是印有条纹和羽毛箭等图案的和服，配深蓝色、绛紫色等颜色的裙裤。

看一眼佐久间家的双胞胎姐妹，是我那会儿最期待的事情之一。这两位大小姐真是太美了。她们总是穿着亮眼的长振袖和服，分别乘坐两辆人力车上下学，还梳着大大的发髻，垂在后面的头发很长，用漂亮的大蝴蝶结扎着。我总觉得她们是不属于人间的仙女，让人看得出神。

在校生的年纪都在二十岁上下，和今天那些活蹦乱跳的女大学生一般大。可是细细回想起来，校园里没有丝毫轻浮的气氛，大家都在认真钻研学问。

毕竟学校里有那么多外国来的老师，为外语和音乐着迷的女学生们肯定像吸墨纸一样，拼命地吸收各种各样的知识，任凭向学之心燃烧，不断挑战未知的世界。

就连我那内敛得有些过分的母亲都能做出带着孩子上学的事情来，也难怪教会学校的毕业生中会涌现出那么多引领时代发展、活力四射的杰出女性了。年幼的我也在不知不觉中呼吸着不受旧习束缚的自由的空气。

校内有面向学生的宿舍，但我母亲毕竟带着孩子，就在一个叫“伊势屋横丁”的地方租了一间小房子住。

如果下课时间比较晚，或是母亲叮嘱我：“今天有祈祷会，要到很晚，你先回家去吧。”我就会一个人先回去，打开电灯等她回家。

我熟练地生好小小的炭炉，做点蜂窝糖，或是把什么都没加的乌冬面糊倒进开着六个小洞的金属模具里，做很多像章鱼小丸子的吃食。

我母亲那边的亲戚有很多住在仙台，我母亲的母亲也是如此。外婆是天主教徒，后来我听说他们家每一代人都是默默地信教。

仙台是伊达政宗设立都城及城下町的所在地。也许是因为这方面的关系，在年幼的我看来，一头白发、面相温和的外婆就像外国人一样。每次去拜访，外婆都会给我一个大大的红色二钱硬币。冲着这个，我去得格外勤快。

一天，在从亲戚家回家的路上，我瞥见地上有一根特别好的绉绸男款腰带，便冲过去捡起来，说：

“妈妈，这是什么呀？”

母亲回答：“是男人系的腰带吧。别捡那种东西。”

“不系腰带，那人是怎么回去的呢？前襟会敞开呀，他怎么没发现腰带丢了呢？”

我越想越滑稽，母亲却只是微微一笑。

那时很流行《喀秋莎之歌》，无论走到哪里都能听到，连醉汉都在唱：

“可爱的喀秋莎，离别如此愁苦，至少在淡雪融化前……”

“生命短暂，恋爱吧少女……”[①]

直到现在，我一听到曲子的旋律，都会万分怀念地想起那段与母亲相依的寂寞却又时髦的岁月。我原以为老师们都是从美国来的，但好像也有法国老师，母亲总说，“那首歌原本是用法语唱的哦。”然后难为情地哼上两句：

“啦丽透，里库丽透，艾迪弗兰特修，里斯特瓦拉吉奥库拉菲啦丽透米特……”

我也会跟着她一起唱。搞不懂这首歌到底是用什么语言唱的。

第二年，我进了仙台的东二番町小学。在开学后没多久举办的汇报演出上，我独唱了这样一首歌：

哒哒哒　冰珠下

哗啦啦　哗啦啦

摊开手　接住吧

哒哒哒　冰珠下

哗啦啦　哗啦啦

① 歌词出自《凤尾船之歌》，与《喀秋莎之歌》一样都由中山晋平作曲。

后来无论走到哪里，我都没有再听到过这首歌。

结束了为期两年的专科课程后，母亲回到了白雪皑皑的北海道，回到了有父亲、兄弟、护士与学生们等待的那个热闹的家。

大老远上一趟学，到底图什么呢？有时候，大人真的会做出些莫名其妙的事，把孩子也卷进去。

对我来说，这段生活算不上不幸，也算不上特别幸福，但应该是我这辈子经历的第一次“文化冲击”。

六十多年的光阴逝去，如今我之所以不会因蹩脚的英语打退堂鼓，敢在美国和加拿大的各大城市进行演讲，说不定就是多亏了这段跟随母亲“就读”教会学校的经历。

前年五月，宫城学院举行盛大的校友会，我有幸受邀到场演讲。在场的六七百位校友中，有好几位认识当年在校园里瞎转悠的我。听到我详细描述当年的种种，她们十分吃惊，越聊越起劲，话匣子一打开就关不上了。

令人欣喜的是，在我离开之后，宫城女校发展得越来越好了，也搬到了仙台的郊外，校园占地面积近十万坪。从幼儿园到大学一应俱全，全校共有一万五千名学生。

校园里有森林，有池塘，有可以轻松容纳千百人的礼拜堂，墙上镶嵌的彩色玻璃美极了。老校区里有一座小喷泉，叫“勤学泉”，当年我经常和母亲一起远眺那边的池水。校方也原封不动地把它搬来了新校区，美丽的泉水一如往昔。

虽然学校搬了，校舍也完全不一样了，但是教会学校特有的氛围，以及各位老师的待人接物都一点也没有改变。校方还从集体照里挑出了母亲的头像，放大后装裱起来，这份温暖的心意也让我感动得要掉眼泪。

我没对母亲尽过什么孝，但现在能有机会在她的母校演讲，她的在天之灵一定会很欣慰。

多亏了大家，我才能尽一份小小的孝心。致谢后，我便告辞离去了。

恋文横丁的诞生

自由平等的“泥地间派对”

因“恋文横丁”[1]为人所知的菅谷先生去世，享年八十岁，可谓是战后社会风貌的“代笔人”。

——《读卖新闻》

去年年末，各大报刊纷纷以这样的标题和较大的篇幅，报道了“恋文横丁小店”的店主菅谷笃二先生去世的消息。

他毕业于陆军士官学校，官至大佐，曾在意大利担任过随行武官的职务，外语水平十分了得。在二战结束后的昭和二十三年（1948），他做起了代写情书的生意，为美军官兵和日

① 恋文意为情书，横丁意为小巷。

本女性牵线搭桥。他的店面很小，就开在涩谷道玄坂的黑市中。

小店的口碑一传十，十传百，生意红火到每天早上十点开张的时候，就已经有好几个有美国士兵男友的陪酒女和舞女在门口等着的地步，“客人”从早到晚络绎不绝。这客人纷至沓来的场面成了涩谷的一景，小店所在的那一片区域也成了人们口中的“恋文横丁”。丹羽文雄的小说《恋文》就取材于这家小店。因日本第一位女导演的身份而备受关注的田中绢代女士还把这部作品拍成了电影。

战后，我曾做过一阵子类似黑市商人的勾当，也可以说是行商，经常去那条小巷“进货”，跟菅谷先生特别合得来，每天都往他那儿跑。建议他帮别人写情书的不是别人，正是我。

战争结束的时候，我和孩子们正在青森县躲避空袭。尽快回东京去，给孩子们办好东京的学校的复学手续，成了全家人共同的愿望。

可是战前租的房子因为强制疏散政策被拆除，我们无家可归了。好在政府颁布了特殊条例，规定最后住在那块土地上的人有权在原址重新建房，租户也包括在内。于是我们立刻筹备起了重建房子的事情。

要建房子，最关键的当然是钱。我是个很有“芝麻开门”精神的人，对我来说，凑钱并不是什么特别辛苦的事。做行商卖水果的时候，有老顾客一听说我是东京人就诉苦：

“女儿要出嫁了，可是买不到嫁衣啊。”

我想到了一个好主意：对呀，问问青森的熟人们想要什么，缺什么，然后去东京买回来不是很好吗！说干就干，我走访了三十来户人家，让他们“下订单”。

订得最多的是胶底袜，其次是女式劳动裤、农家用的碎白点布、用来做内衣和护腰的法兰绒布料和学生用的字典之类。美军基地的女客人经常托我买珍珠项链。

接好单后，我就熬夜到车站排队买去东京的票。空手过去太浪费，该带点什么呢？我想到了鱿鱼干。再拥挤的车厢也不怕，怎么压、怎么踩、怎么坐都不会坏。又要不占地方，又要能卖个好价钱，鱿鱼干就是最佳选择。

到了熟悉的东京，就是我的主场了。刚结婚那会儿，日子过得特别紧巴，逼得我成天往当铺跑，没想到这份经验也派上了大用场。毕竟没有什么东西是当铺里找不到的。

只要有个三四天，从珍珠项链到嫁衣，所有货品都能凑全。越想就越开心。

当然，我也会利用置办货物的机会，倒过来问东京的人：

“我要回青森去了，你有什么要我从那边带过来的吗？”

东京人订的都是吃食，比如鱼干啦，咸鱼子啦……我在两边都是先问人家要什么，然后再去置办，所以东西从来不愁卖，一眨眼的工夫就卖完了。于是我一个劲儿地在东京和诹访平（青森县）之间来回跑。

当时，我和在道玄坂的黑市做旧货生意的安田芳枝女士非常要好，也很仰仗她。每次去东京，我都去她那儿报到，又是买又是卖的，有时候还向她借钱，都数不清她帮过我多少忙了。

她是从国外撤回来的，走的时候什么也没带，只有一身衣服。有过这类经历的人对待工作和生活都十分认真，也深知困难的时候要互相帮助的道理，所以她对我格外好。

安田女士还是位算盘高手，不过真到了要算数的时候，她都是心算，不用打算盘。只要在空中动动手，用大拇指和食指拨拉几下（当然是没有响声的），就得出结果来，这让我目瞪口呆。

“要是不放心，我就用算盘再给你算一遍。”打完算盘一看，果然一分钱都不差！

她的店里除了衣服，还有照相机、钟表、家居用品……简直应有尽有，而且都是从代代木的华盛顿公寓、成增的格林公寓这种美国高级军官家庭住的地方收来的，在当时算是很稀罕、很高档的东西。

著名演员、音乐家、画家这样的大人物也是她的常客。而且她也很好说话，有些客人是一个月结一次款，各种东西都从她店里买。

我也是每次去都把背包塞满，两只手能提多少就提多少，然后赶回青森去。

我的生意很是红火，新房的建设资金攒得飞快，连我自己都被吓到了。真的可以享受这样的幸运吗？我和虔诚的母亲总是把手放在赚来的钱上，一次又一次向上帝祈求原谅。

根据规定，我们只能建一栋十二坪的小房子，但是眼看着心心念念的红顶白墙的房子建成，我还是高兴得要命。然后，我们一家人开开心心地搬回了东京。

安田旧货店的隔壁是一家洋装店，卖的也是旧衣服，店主居然当过驻外大使。大家也顾不上那么多了，无论当年是什么身份，现在都是平起平坐的朋友。

洋装店的隔壁就是菅谷先生的店了。

脏兮兮的土间里停放着一辆自行车，里面是一个榻榻米房间，大概有三张榻榻米那么大。房间里摆了一张旧桌子。菅谷先生总是一边呷着日本酒，一边在那张桌子上翻译东西。

他当时四十来岁，会说德语、法语和意大利语，英语水平当然也没得说。他是个很有情趣的人，音乐、绘画、电影、文学、世界各地的风土人情……他一聊起来，就天南地北地讲个没完。

我的朋友们也自然而然地聚到了一起，大家各自带些家常菜和咸菜分着吃，几乎每天都在土间开派对。大家原本生活在截然不同的世界里，若不是因为战后的种种混乱，还真不一定能互相认识，也不可能像这样相互分享奇闻轶事了。那是一段多么美好的时光啊。

我有一位朋友，她的丈夫原本贵为子爵，后来失业。她带着两个孩子，连吃饱饭都成问题，就来让我出出主意。“家里很缺钱，可我不知道该怎么挣钱……”

我说：“像你们这样的达官贵人，家里肯定有很多能卖钱的东西吧？珠宝啦，钟表啦……我随时都可以带你去收这种东西的地方。”

可她告诉我，家里的钟表、珠宝和照相机之类不是送人，就是拿去换吃的了。不过她又说：

“杂物间里有好多纸拉门，我听说那些门的把手好像都是金子做的……”

我们一起把门板搬到菅谷先生的店里，居然换到了四千多块。朋友开心得几乎要发狂，还给了我一百块表达谢意。我忙说：“我不能收，不能收……”可菅谷先生在一旁帮腔道：“你就拿着吧，拿着吧！”我只得红着脸收下。

打那以后，我再也没见过这位朋友营养失调的样子，眼看着人家一天天发达起来。

“西哈诺先生”的情书代笔生意

一天，一位女邻居找到我说：

“回国的美军士兵朋友寄来了信，可我不会写回信啊。黑柳太太，你能不能帮帮忙？”

我回答：“我是没这个本事，但认识一个可能帮得上你的人，我去问问吧。”

然后我把她的信送去了菅谷先生那儿，给他出了个主意：

“翻译论文那么辛苦，还赚不了几个钱，不如放一块大大的招牌在门口，就写‘代写情书’这几个字，不是挺好嘛！”

菅谷先生点点头。

“好像蛮有意思的啊。”

好一副事不关己的口气。结果一个多礼拜后，我跑过去一看，他家门口果真摆出了一块刷着白漆的木板，上头赫然写着几个大字：代写情书。

代笔生意红火极了，上门的客人一天比一天多，菅谷先生从早到晚都没空喘口气，怎么写都写不完。

快到圣诞节的时候，找他代写贺卡的人更是络绎不绝，忙得他连睡觉的工夫都没有。自那时起，我就开始管他叫“西哈诺先生”了。那是电影《大鼻子情圣》的主人公。

无论什么时候去拜访，西哈诺先生家那小小的土间里都挤满了花枝招展的年轻女客人。

“大叔，你上次到底是怎么写的？人家怎么一分钱都不寄过来啊！急死人了！”

“这可不能怪我哦。”

“肯定是你写得不好！”

一听到客人这么埋怨，我就觉得自己害苦了他。

不过，也有客人会好好付酬金、送礼物，还有人向他道谢：

“大叔，我给您带了一瓶酒。麻烦您再帮着写一封上好的信哟！”

听说在西哈诺先生的帮助下走进婚姻殿堂的跨国夫妻足有三百多对，而且其中还有几十对新人请他参加婚礼当“证婚人”。所以，他时常美滋滋地拿婚礼照片给我看。代写费用是每封两百日元，这个价钱也是我们商量出来的。

可惜小店的盛况仅限于进驻联军还在日本的时候。军人开始撤退之后，西哈诺先生一展身手的机会渐渐变少了。

话说回来，当时还有人问过我：

“有没有人愿意花三十五万，买下从涩谷站到道玄坂顶上的那一片地？”

那阵子有各种各样的人找我咨询五花八门的事情，可是在我心里，这件事应该算是“头号大事”。不对，是“头号骇事”[①]。

我大概有这么多存款，安田女士当然也有很多钱，于是我连忙跑去找她商量。

因为她是生意高手，找她咨询最放心了。她是这么说的：

“钱倒是够用，可是黑柳太太，买下来以后要怎么办呢？我真是一点头绪都没有。”

我当然也是一头雾水。

“可是价钱那么便宜，能买下来，多棒呀。”

“嗯，话是这么说……”

“人家让我明天之前给回复，那……我要不推掉算了？”

“嗯，也好。”

这就是我们商量下来的结果。现在回过头来想想，我们真是傻到家了，也有些后怕。要是能拥有从涩谷站到道玄坂顶上的那片地，我们俩早就变成全日本最有钱的人了。这果然是一桩骇事呀。

---

① 在日语中，“头号大事”（Big One）与“头号骇事”(Bikkuri One) 的发音相似。

昭和二十四年（1949），我先生从西伯利亚平安归来，我就没必要再亲自赚钱了。其实更主要的原因是先生不喜欢我整天往外跑，所以跟菅谷先生他们见面的机会自然也少了。

后来，恋文横丁被拆除了，现在那里现代化的大楼林立。菅谷先生的小店也遭遇了火灾，被迫搬到了位于百轩店[1]入口的小店面，面积只有五平方米左右。不过一生钟爱涩谷的他一直坚持开店，我还听说最近他的主要业务从代写情书改为翻译大学生的毕业论文、博士论文和中小企业的贸易资料等活计了。

> 任时代如何变迁，平易近人的菅谷先生都是年轻人的“知心叔叔”。淡泊的为人，使他成了大家口中的“菅谷大学”，受人景仰……

报纸用暖心的词句介绍了菅谷先生的为人。这么看来，我们几个也算是“菅谷大学”的第一届学生了吧？

只要他开口说话，屋里就会充满欢乐。“上课”的时候，他总要喝上几口小酒。

菅谷先生也是瞬息万变的闹市风俗的“见证人”。人随时代

① 位于东京涩谷区道玄坂二丁目附近，曾是涩谷最繁华的街道。

变，时代也随人变，说的就是这么一回事吧。

我在美国结识的日本朋友当中，说不定也有菅谷先生的客户。

四十年过去了，请菅谷先生写过信的人肯定也走过了各不相同的人生之路。有的在美国扎下了根、生儿育女，有的却掉队了。

斗转星移，那些所谓的“战争新娘”有没有过上幸福的生活呢？每每琢磨起这个问题，我都会忆起菅谷先生。

第四章

我的“舞会名册”

一千个天使住过的岛屿

结识牧师

那是一座浅蓝色的教堂。十字架在高高的塔顶上闪闪发光。我从没见过那么漂亮的建筑。

我和基地的牧师先生的邂逅，要追溯到战争刚结束那会儿。当时我们住在青森县诹访平站附近，住处是用青果市场的杂物间改造而成的。

驻日美军在离诹访平站不远的八户建了一座大型基地。每天都能看见满载着美军士兵的火车驶过。

火车有时候直接开过诹访平站，有时候却因为某些缘由暂停片刻。车一停，住在车站附近的孩子们就一拥而上，一边嚷嚷“我要巧克力！”“给我口香糖！”，一边伸出手去。每每看到那样的光景，我的心情都很复杂，又是开心又是落寞。

从今往后会变成什么样？生活又会有怎样的变化？那时的我们还一无所知。

渐渐地，男人们都被征去基地打工了，无论老少。大家也通过他们的描述愈发了解基地内部的情况。据说基地共有两千五百多名士兵驻扎，大医院、教堂、电影院、剧场、图书馆、“猴屋”（Monkey House，士兵专用的拘留所）、PX（超市）等一应俱全。

一天，有人介绍了一份工作给我。

说是基地里有一栋为美军女眷准备的宿舍，预计十二三个人入住，每人一个房间，所以需要找人帮她们“收拾房间”。那份差事就跟我们今天所说的“室内装饰”差不多。做地毯和窗帘的布料有很多，可以随便使用。洗衣机也是配好的，只是有时需要把洗好的衣服熨一下。工资由政府支付。

我连忙和表妹节子商量了一下，决定去试试。当年大家的衣服都寒碜得很，但我们好歹凑齐了衬衫、裙子和运动鞋这样一身“职业装”，坐每天早上八点的火车过去，工作到傍晚五点下班。

贝蒂太太、帕特太太、戴安娜太太……女眷们的性格形形色色。我们先了解了一下每个人的喜好，比如窗帘和地毯要用什么颜色的，花边要装什么样式的，然后立刻开工了。

当务之急是做窗帘，因为不装窗帘，屋里的人在做什么都会被外面的人看见。所以我们大概十四五个人火力全开，缝纫机从早踩到晚。这段经历让我学到了不少本事。

我还通过这份工作意识到，无论在哪个国家，都是有很多类型的女性。比如客气的、任性又歇斯底里的、知识分子型的……五花八门。吩咐我们做事的时候，也是各有各的风格。有的人和蔼恳切地说："真的不好意思，麻烦你了。"有的人则是趾高气扬地来一句："你给我把这个、这个做了！"还有的人压根儿不敢跟我们开口，缝纫水平不高却硬着头皮自己做……什么样的人都有。

一个月后，大家就打成了一片，每天都过得特别开心，工作也越来越顺利。

距离宿舍三十多米远的地方建有一座宏伟的教堂。仰望高高的塔楼，就能看见装在塔顶上的十字架。我每天都看着教堂，心想要是能进去参观一下就好了，就一次也成啊……

在二月的某个早晨，我踩着积雪往宿舍赶。突然，有人跟我打招呼：

"Good morning，阿朝。"

我吓了一跳。对方大概五十来岁，身材微胖，一身军装，肩上别着少校的徽章。

居然知道我叫什么名字，他到底是什么人……我的心怦怦地跳，只点头示意了一下，就急忙冲进了宿舍。之后我也会时常在教堂附近和他擦肩而过，甚至产生了自己正被人监视的错觉。

教堂里有一位年轻的工作人员，名叫户田优子。当时她刚从东京女子大学英文系毕业，平时做些翻译、打字之类的行政工作。

和她交上朋友之后，我开口恳求道：

“能不能找个没人的时候，让我进教堂参观一下呀？”

她回答：“应该没问题，我去帮你问问上司吧，他是基地的Chaplain先生。”我和她聊了一下才知道，“Chaplain”并不是名字，它指的是军队、医院、学校等设施的生活顾问。当然，人家也是有牧师执照的。

两三天后，优子回复说上司批准了。于是我怀着雀跃的心情，推开了教堂那扇厚重典雅的大门。

进门一看，牧师先生就坐在优子旁边，面带微笑。没想到他竟然是那位在路边跟我打招呼的少校叔叔。见来人是我，他好像也吃了一惊。

优子向他介绍了我的情况，说我和母亲都是基督徒，丈夫上战场了，家里还有三个孩子。

得知牧师先生有意去日本的教堂传道，我们便构思起了一个美好的计划：牧师先生来布道，优子负责翻译，我来唱赞美诗，多棒的三人组合！后来，牧师先生真的去各地小镇的教堂演讲了，我们也跟着去帮忙。他的名字叫“吉艾尔”。

除了教堂的工作，牧师先生还是基地的调解员。士兵开车去镇上时和当地人发生了摩擦，或是和女孩子闹出男女关系方面的纠纷，他都会出面调停。

他要管理那么多年轻气盛的士兵，威信自然是少不了的，手腕好像也相当了得。

过圣诞节的时候，他会穿上圣诞老人的红色服装，自掏腰包买上一卡车礼物，拉到八户市的街道、教堂和幼儿园，去分发给孩子们。

当时的人们日子过得很惨，穿得也邋遢。牧师先生一点日语都不会说，却能如此积极而自然地融入当地社会，实在厉害，我总是用充满敬佩的眼神看他。

我明明说不了几句英语，却有胆子去美国、加拿大等地演讲访问，说不定也是受了牧师先生的影响。

他住在八户郊外的军官宿舍。我常常和优子一起去他家吃晚餐。

在那里看到的一切都是那么稀奇。跟草鞋一样大的牛排就不用说了，当甜点吃的果冻也美味极了，我忍不住又加了一份，牧师太太见了十分高兴。

太太身材高大，一看就知道她是女传教士。她有两个可爱的孩子，儿子弗兰克七岁，女儿弗拉达美三岁。

牧师先生问我："你最近有什么烦恼吗？"

我回答，藏在头发里的虱子怎么洗都洗不掉，愁死人了。

听到这儿，他便说：

"那你明天下午一点来一趟诊察室吧。"

诊察室里有一个很大的洗手池。牧师先生往我的头发上倒了好多药水，然后用他的一双大手使劲搓洗。不知道为什么，我当时一点都不觉得难为情，心中满是感激。

事后他还给了我一大瓶药水，让我回去也给孩子们洗洗头。

牧师先生就是这样一个沉稳大方的人，待人接物的方式丝毫不会让我觉得难堪。

多亏了他，困扰我们全家多时的虱子总算被消灭干净了。

不久后，我在东京建了一栋小房子，带着家人搬了过去。合作默契的三人组的活动就这样画上了句号。

四十年过去了，如今吉艾尔先生身在何处，又过着怎样的生活呢？渐渐地，我产生了这样一个想法：我想效仿法国电影

《舞会的名册》，上门拜访他。

我找优子打听了一下，得知他住在西雅图附近的天使港。

去年夏天，我完成了第三次“七夕巡演”。回程途中，我在纽约突然给阔别四十年的牧师打了电话。

变身流浪女！

我在电话里问道：

“请问吉艾尔先生在家吗？”

接电话的就是他本人。

这通电话打得很唐突，我还没自报姓名，他竟听出了我的声音，惊得半晌没吭声。我接着说：

“如果您方便的话，我想后天去您家拜访。”

话音刚落，他便欣喜地回答：“欢迎欢迎，我等着你来！干脆去天使港的机场接你吧。”

马上就要见到阔别四十年的老朋友了，我怀着期待与雀跃，和随行的阿峰坐进了纽约直飞西雅图的班机。飞机要从美国的东海岸飞到西海岸，横贯北美大陆，足足花了七个多小时。由于起飞时间延误了一个多小时，我跟阿峰都急坏了。

要在西雅图换乘飞往天使港的最后一班飞机！都跟吉艾尔先生说好了，人家要去机场接我们的。

一到西雅图，我们便拼尽全力跑向转机柜台。

可是等我们赶到的时候，末班飞机已经走了。柜台的灯也关了，只有一个女工作人员在整理票据。

“飞机准点起飞了吗？”

我依旧不死心，问了一句，却还是失望而归。

一看表，已经快十二点了。只能先在西雅图找酒店对付一晚，明天坐头班飞机过去。

问题是，还有一个载着三百多人的国际航班晚点了，每台公用电话前都排着长长的队伍。好不容易轮到我，投了二十五美分的硬币进去，却怎么都打不通。是不是每个地方的拨号方法不一样？

在外国遇到麻烦的时候，人就会痛感语言不通是多么要命。我不由得想，地球明明那么小，为什么不同的国家会有不同的语言呢？要是大家都说同一种语言，世界一定会变得更加和平。不过，同样说日语的家人朋友也有闹不完的矛盾……想着想着，我又发现了一台没人排队的电话，连忙冲过去又试了一次。这次我打的是“对方付费的电话”。

所幸电话通了，联系上了吉艾尔先生。我先跟他道歉，约好明早再见，然后开始找当晚的落脚地。谁知酒店家家爆满，无处可去。无奈之下，我跟阿峰做好了在机场沙发上过夜的思想准备。

片刻前的人群也渐渐散去。不知不觉中，四周已经不剩几个人影，只剩下看起来凶巴巴的流浪汉。我们俩都吓坏了。

“事到如今，也只能装装样子了……”

先把发卡拆了，让头发乱糟糟地搭在额头上，再把满口的假牙拿出来，擦掉口红，把靴子换成运动鞋，再把鞋帮踩瘪……我们效仿三益爱子在《守财奴》中塑造的“阿鹿婆婆”，摇身一变，成了两个老练的流浪女。

戒指、手表和现金都藏进口袋和其他隐蔽的地方，走路的时候还故意装出一瘸一拐的样子。

多亏了这身以假乱真的装扮，原本瑟瑟发抖的我一下子壮起了胆子，只觉得自己变成了女演员，正在扮演社会边缘人物。我甚至下定决心，如果有人想袭击我，那我就比他更早扑过去。不过也因为这段小插曲，我感觉“与吉艾尔先生的重逢”这个浪漫的梦变成泡影，消失不见了。

就在刚才，我们还沾了小儿子的光，坐着头等舱，吃着全套大餐。有空姐空少前前后后照顾着，左一句“您要喝点什么”，右一句“您需不需要擦手巾”。这落差也太大了。

蒙蒙眬眬打着盹儿，一晚上就过去了，什么事也没发生。眼看着西雅图的天空渐渐亮了起来。

得去洗手间洗洗脸，重新变回淑女的形象。

走到昨晚去过的飞往天使港的航班登机口一看，外头停着好几辆可爱的小飞机，都是只能坐十几人的型号。这下总算有了点“要去童话国度”的心情。

四十年后的重逢

相传天使港曾是一千个天使的家园……飞机窗外的风景真是太美了，惹得我们俩欢呼个不停。

天使港的机场就像乡下的火车站一样小。吉艾尔先生带着和当年一模一样的微笑迎接我们的到来。这是我第一次看到他穿便装的模样。

我们以拥抱庆祝重逢，随后坐上他驾驶的白色轿车去他家。他说这辆车是刚买的，只为了让我有新车坐。我从纽约突然打电话给他可是两天前的事情啊。

从机场到他家只有三分多钟的路程。他家是一栋农庄风情的大房子。无论是坐在会客室，还是进入洗手间，美丽的大海与山丘都尽收眼底。

屋里好像没别人，我便问：“您太太呢？”原来他的太太前年因为癌症过世了。

孩子们也都结婚了。弗拉达美成了四个孩子的母亲，在纽约附近过着幸福的生活。弗兰克住在离这儿不远的塔科马，时不时会跟爸爸一起出海钓鱼。

我也跟他分享了一些近况，比如我先生的事情，彻子他们几个孩子的事情，还有我从三年前开始来往于美国、加拿大的各大城市之间，和当地的日本人交流，今年也来了美国，就顺路过来拜访他。

吉艾尔先生为军队服务了很长时间，所以能领到很高的养老金，名下又有五十英亩的广阔土地、牧场和农田，生活过得悠闲自在。听说他还是教堂的牧师，为村民排忧解难。

见家里收拾得干干净净，我问他是不是请了人帮忙，他却说家务事都是他自己做的。

饭菜也是他亲手做的。

刚从地里摘来的新鲜蔬菜、牛舍里现挤的新鲜牛奶……早餐是他亲手煎的松饼，盘子和咖啡杯都是用大大的烤箱提前温过的，我和阿峰连手都插不上。

我恳请他至少让我们帮着收拾一下餐具，可他直说“NO，

NO”。

“这样岂不是跟下馆子一样啦……”

听到我这么感叹，他就摆出“立正”的姿势，开玩笑说：

“那我还得在手上挂一条餐巾呢。”

他的幽默真是不减当年。

第二天，他带我们去海峡对岸的温哥华岛，游览维多利亚地区。那里有著名的布查特花园，喜欢花的我早就想去瞧一瞧，真是太幸福了。

我们乘上一艘能容纳一千人左右的大白船。维多利亚属于加拿大，乘客需要在船上填写出境卡。以往我不光要写自己的，还得帮阿峰填，可是这一回，吉艾尔先生把活儿都包了，让我享受了女王般的待遇。

他问：“阿朝，你是哪年生人？”

“一九一〇年。”

“OK！”

最后，他填了自己的卡。看到他写下的字，我差点大叫一声：“天哪！”

他居然是一九一一年生的。这么多年来，我一直当他是年长二十来岁的“叔叔”，敬他如父，简直不敢相信他居然还比我小一岁。

那么，当年他岂不是才三十五岁左右？

长年负责调停几千个青年之间的争执冲突、夫妻矛盾，当大家的知心叔叔，就会变得那么成熟。他年轻的时候肯定就有这方面的才干气度了。

维多利亚简直是一座梦幻花园。

他带着我们在岛上逛了一个星期，片刻不离左右，什么事都打点得格外周到。

明明是夏天，高高的山顶上却仍有积雪，山脚下长满了从未见过的高山植物。树龄估计有一千多年的参天大树多得数不清。大大小小的湖泊也美如诗……那景色宛如天堂一般，我都快被感动哭了，只觉得死而无憾。

吃的东西都是自家产的，刚摘的蔬菜、现挤的牛奶……听说他还有船，时不时出海捕三文鱼，所以冰箱里也塞满了食物，牛肉也来自自家牧场。阿峰一下子爱上了这里，都有些忘乎所以了。

“夫人啊，您就一直住在这里得了。最关键的是，那位先生人多好啊。把您送给他，我都愿意！”

阿峰居然着迷成这样，我都惊呆了。

“把我送出去怎么行呢。”

我是这么回答她的。我留在这里能做什么？过日子可不是只靠美丽的风景、广阔的土地就行。现在的我们不需要互相帮助，也不存在任何要两个人齐心协力构筑和养育的东西。

他走过了幸福美满的人生，如今有孩子与朋友陪伴，也有牧师和教会的工作，享受着无忧无虑的生活。在这方面，我也是一样的。

如果让他搬去日本，他要如何度过余生呢？那会很可怜吧。让我留在这里也是一样。

不过话说回来，我居然会看得这么淡泊，没有燃烧起一点点激情，也没有“谈情说爱”的心思，这着实让我感觉到了年岁的影响。

回忆一聊完，多待一星期都嫌长了。我有些无聊，正好屋里有音响，便想放点音乐听听。

我请主人把家里的唱片拿出来，选中了维瓦尔第的《四季》。熟悉的旋律流淌而出，欣喜油然而生，只觉得浑身充满了力量，血脉偾张。后来我又放了莫扎特和巴赫的唱片。

啊，我果然是打心底里爱着音乐。先生去世之后，我还是第一次怀着“被音乐推着走”的感觉聆听起来。我由衷地感叹，美妙如梦的风景也好，敬爱的吉艾尔先生也罢，都无法替代音乐在我心目中的地位。

星期天，我去了吉艾尔先生任职的教堂。他的声音还是那么动听，为赞美歌的男高音声部贡献了美妙的和声。演唱的时候，他看起来很幸福。

当天的晚会上，他向大家介绍我：

“今天有一位来自日本的贵客到场！”

他让我也说两句。台下的都是美国人，所以我只能用英语讲。虽然没有自信，可是我总不能逃跑，只得硬着头皮走到大家面前说道：

“承蒙介绍，我叫朝·黑柳，幸会幸会！很高兴认识大家。”

该说点什么呢？英语在脑子里来回空转。

“说来惭愧，我就会这么几句蹩脚的英语。要是大家懂日语，一定能深刻体会到我有多健谈，真是太遗憾了。”

我先用这段话博听众一笑，然后用三十分钟讲述自己的成长经历、我的母亲、丈夫和孩子们，还有我是怎么在日本结识了吉艾尔一家，以及这一次正好来到这附近，就过来走了一趟。讲的时候还搭配了一些手势。

那天我穿了白外套和白裤子，帽子和靴子也是白色的，只有上衣是鲜艳的橙色。我双手插兜站着，边讲边观察大家的反应。觉得某段话听众好像没怎么听明白，就换其他单词试试。如此这般，我感觉自己不是在演讲，而是上台表演了一段单口相声。

最后，我对吉艾尔先生说：“请允许我用日语致祈祷词吧。”他同意了。

“能从千里之外的日本来到绝美的天使港，在这座教堂与大家共度这样一段美好的时光，我的心中充满了感激。请大家珍重身体，期待着明年也能像这样与各位重逢！”

我以“Jesus Name Thank You！ God Our Father！ Amen！”（感谢基督之名！神乃我父！阿门！）为发言画上了句号。

话音刚落，大家便齐声说道：“阿门！”随即响起了雷鸣般的掌声。

据说，我是第一个在这座教堂演讲的日本人。大家对我热情极了，都夸赞我讲得好，纷纷送上拥抱与亲吻。

第二天，我与吉艾尔先生依依惜别。

他对我说：“欢迎你随时过来！住几天都没问题。明年见。”

我也说，您也有很多朋友在日本，大伙儿都盼着您来呢。然后，我们就坐着那可爱的螺旋桨小飞机，告别了天使的岛屿。

就像电影里演的一样，“舞会的名册”只有在回忆中才会显得美好啊。

没能再会的罗彻斯托克先生

日本交响乐团的黎明

海顿的《告别交响曲》别出心裁：在乐曲临近尾声的时候，乐团成员逐一离席回到休息室。到了最后，连指挥家都会离开，演奏也在同时真正落下帷幕。

去年年底，罗彻斯托克先生去世的噩耗传来。一接到消息，《告别》的旋律便掠过了我的脑海。

在彻子出生的第二年，我先生当上了新交响乐团（NHK 交响乐团的前身）的首席小提琴手。乐团总共有近百名成员。每天早上，乐手们都会提着乐器三三两两地来到排练场。还有人踩着木屐来排练。在外人看来，那就是一个由音乐发烧友组成的集体，可我家那位嘴巴毒辣的先生总说：“水平不到家，却喜欢得要命，没有比这更让人头疼的了。”那态度别提表现得多嫌弃了。

乐团的第一任首席指挥家舒赫布拉特先生因病回国后，一个让乐手们又惊又喜的消息传来：

即将上任的指挥家是来自波兰的罗彻斯托克老师！

当时老师已经在德国、美国等地闯出名气，留下了傲人的成绩。谁知希特勒上台后开始大肆打压艺术家，眼看着大环境一天比一天糟糕。

就在那时，托斯卡尼尼[①]找到他说，如果你有意去美国，我可以帮帮忙。老师正打点行装，准备动身的时候，日本的新交响乐团发来电报，想与他签订为期两年的合同。

老师对日本的音乐界一无所知，便去柏林拜访了奥地利总领事，请人家通过东京的奥地利领事馆打听打听情况。据说老师是听完那边的汇报之后才下定了决心，同意“新响”的邀约，签了合同，远赴完全陌生的国度——日本。

当时还没有开通飞往日本的航班，如果坐船，要花整整两个月才能到。所以他选择了从华沙转莫斯科，再坐特快列车横跨西伯利亚的路线。

从釜山到下关这段是坐船的，到了下关之后再转火车，直

① 托斯卡尼尼（1867—1957），意大利指挥家。

奔东京。团员们盼星星盼月亮，就盼着老师早日到达。

一九三六年八月十八日，老师终于平安抵达东京。全体团员在东京站列队迎接。在车站前接受了一小会儿采访后，老师就坐车去了帝国酒店。第二天还按日本的传统去明治神宫祈福。当年的人不比现在，每个环节都做得很周到。这也是因为老师决意要当好乐团的领导吧。

老师当时尚未成家。突然来到语言不通、习惯不同的日本生活，他肯定感到很寂寞。

乐团里有两三位德语很好的音乐家，还有几位乐手格外关心老师，毕竟他初来乍到，总会碰上种种不便。而我们当年也还年轻，很多细节没注意到，什么忙都没帮上。

第一次演出的曲目为《英雄》《第四交响曲》和《莱奥诺拉第三号序曲》等贝多芬的曲目。团员们每天埋头苦练，终于迎来了首演的日子。

当天早上，大家为了在会场进行最后一次大合练（一般称这种排练为“Generalprobe”）齐集日比谷公会堂。谁知走进会场一看……天哪！舞台上竟然铺满了厚厚的地毯。据说那是东京市政府的一番好意，他们唯恐光秃秃的舞台会冒犯到罗彻斯托克老师。无奈地毯一铺，音响效果就变沉闷了。我先生是这么描述的：

“那感觉就像在毛线团里演奏一样！”

必须在晚上正式开演之前把所有的地毯都撤掉，大伙儿忙作一团。

后来，团员们将老师亲切地称为“阿罗”。

“音乐是我的命”——这句话是阿罗的口头禅。

我们一家的住处离排练场很近。每次带彻子过去，阿罗都对她特别好，还经常抱她。听说排练中途休息时，他常用温柔的口吻问我先生：

“小孩好？夫人好？”（孩子近来可好？夫人近来可好？）

绘画、雕刻、小说与诗歌都可以通过观看或阅读来享受。看一看、读一读，就知道作者想表达什么。

可是乐谱要是没人演奏，就成了普普通通的纸片。因而，能感应到作曲家灵魂的高水平演奏者与声乐家，还有负责统筹协调的指挥家是必不可少的。还得反复排练，把乐曲组合起来，打造成杰出的艺术作品奉献给听众。所以在朝着终点冲刺的路上，大家总要付出许许多多的辛劳与努力。

团员们练得很认真，无奈乐团当时的技术水平无法满足老师的要求。天知道老师被急哭了多少回。

听说老师经常噙着眼泪，迈着踉跄的步子回到休息室抱头发愁。是我解释得不好吗？这么简单的事情，大家怎么就不明白呢？这样的要求都达不到，以后可怎么办啊……也不知道老师受了多少次绝望的煎熬。

每次遇到这种情况，斋藤秀雄先生（他在德国留过学，会说德语）和其他声部的首席就一个接一个地去道歉。

“我们绝对不是故意不配合您，只是技术还不到家，达不到您的要求……”

看到乐手低头道歉，老师总会这么回答：

“我不是要求你们掌握完美的技巧。同样的演奏，上一次不是做得很好吗？我气的是你们的粗心。为什么粗心？就是因为没有好好听我的提醒。”

这话还真是一点也没错。大家都把神经绷成了一根弦，排练了一天又一天。把那段日子形容成阿罗和乐团成员之间的“激烈战斗”也不为过。

一天，大家好不容易得到了老师的夸奖。当时老师已经在日本住了很长时间。

他用日语夸道：“好棒棒哦！”[1]大家先是一愣，然后全场爆笑，拍着手为他高兴。毕竟能说出这句话，就说明老师交到女性朋友了。

---

① 日语“とってもいいわ”的“わ”是女性专用的语气词，前面的促音也显得比较娇媚。

老师也被这场面吓了一跳，还以为自己说了什么驴唇不对马嘴的日语，赶忙问斋藤先生是怎么回事。

斋藤先生回答："只有女性才会这么说话。"

这格外欢乐的一幕，留在了大家的回忆中。

渐渐地，战局一天天紧张起来。德军跨过国境，吞并了奥地利，导致老师失去了公民权，不得不以"无国籍"的状态滞留日本。

但乐团的排练并没有中断。团员们还是有时惹老师伤心，有时得到"好棒棒哦"的夸奖，能演奏的曲目与日俱增，演奏技术不知长进了多少。演奏会的口碑更是一天好过一天，票总是一开卖就被一抢而空。

有一次，乐团要演奏一首叫《梯尔·欧伦施皮格尔的恶作剧》的曲子。这是大家从未练过的曲目，而且里面有一大段首席小提琴手的独奏。

独奏时要用到一种叫"滑音"的技巧，就是让手指从琴颈迅速滑到琴马，演奏出"哒哒哒哒哒哒"的节奏来。但我先生没有足够的实力拉出顺畅而高质量的滑音。这是他一个人的"课题"，必须自己想办法克服。对现在的小提琴家来说，拉个滑音算不了什么，但那可是四十五六年前……

距离演奏会还有一星期左右，练习的时间是有的。但他练的时候也是时而能成功，时而又拉不好。

他每天都紧张兮兮的，甚至有点歇斯底里。要是让他听见孩子的哭声，那就大事不好了。

“就不能来场地震，让全东京都瘫痪吗！这样就不用开演奏会了，多好啊！”

他还嚷嚷起这种话来，简直吓人，我也不得不每天过得战战兢兢的。

开演的日子到了。眼看着我先生一身燕尾服，脸上带着紧张的神情上场了。能不能拉好呢？我也慌了，心怦怦直跳。

演奏终于开始了。不一会儿，其他声部一齐收声，乐曲进入了小提琴独奏的环节。

所幸我家先生超水平发挥，手指的动作和音程都分毫不差，练习的时候都没有拉过这么好。他看了看阿罗，只见老师露出无比灿烂的表情，还不住地点头，仿佛在说：“做得好，做得好。”

演出结束后，乐团回到休息室。这下，先生总算敢正眼看大家的脸了。

“不愧是黑柳先生。不到正式演出时就不好好拉琴，厉害厉害！”

先生被大家夸上了天，兴高采烈地回了家。

“所以说嘛，既然拉小提琴，就要做首席小提琴手，不然跟白拉有什么两样！”

那口气别提多傲慢。这回轮到我发牢骚了：

“昨天还在哭呢，今天就笑开花啦？小提琴手的老婆可真不好当啊……”

后来，先生告别了新交响乐团，和田中秀雄先生、寺田农次先生以及橘常定先生组建了“东京四重奏乐团”，每月去 NHK 广播电视台演奏一次，还定期举办名曲鉴赏演奏会。举办第四场演奏会时，阿罗也加入了他们，负责弹钢琴。一行人在日比谷公会堂表演了勃拉姆斯的钢琴五重奏，大获成功。每日新闻社和 NHK 授予了他们“优秀演奏家”的称号，以示表彰。

那是昭和十八年（1943 年）二月五日，正值战火纷飞的时候。他们本想继续用这套阵容演出，可惜官府禁止外国音乐家出场，演出就这样无奈搁浅了。

当时身在东京的外国人被纷纷集中到了轻井泽、山中湖等地，遭到了变相的扣留。阿罗也被发配到轻井泽。每个外国人都有一个特高刑警[①]盯着。我听人说，那些外国人不知道碰上

① 日本间谍组织，成立于 19 世纪末 20 世纪初，全称为特别高等警察课，隶属于日本内务省。

了多少可怕到让全身的血都要凝结住的事情。好多外国人因为举止稍微有点可疑，就被带走审问，从而一去不复返。

“那些被怀疑的人都是在早上五点多被抓走的，所以在时针走过五点之前，人们都没法安心入睡。”

那段日子就是这么恐怖。

衬衫、西服和其他稍微值点钱的东西都拿去跟农民换吃的。当时是非常时期，轻井泽又是个很冷的地方，有时室内温度只有零下十二度，不知他们受了多少苦，真让人心疼。

在二战结束的前一年，我先生应征入伍。战后，他被扣留在西伯利亚，当了四年零八个月的俘虏。那真是一段黑暗的日子，全家人都不知道他是生是死。但漫漫长夜总归会过去，天总归会亮。带来无数悲痛的战争终于平息，阿罗也迎来了灿烂的早晨。

一天，三个美国士兵开着吉普车来到阿罗家门口，把他吓了一跳。不等他反应过来，他们就搬了一大堆巧克力、牙刷、肥皂之类的日用品进屋。第二天，美国电视台的人来拍节目。一会儿让阿罗弹一段钢琴，一会儿又让他摆出作曲的样子，提了好多要求，拍到家中的保险丝都烧断了。

与此同时，NHK、“日响”等乐团也来请他出山。三辆卡车载着一小队美国步兵来到他家，让他莫名其妙地享受了一番军方提供的搬家服务，离开了那间偏僻的破房子。士兵们连三角钢琴都帮着搬去了。再后来，就是一场接一场数也数不清的音乐会。

与玛丽露的命运之恋

一九四六年十月，阿罗将悲喜参半的回忆留在日本，怀着满腔的希望，登上了驶往纽约的美军运输船。

之后，他在国际音乐界崭露锋芒。

他和纽约城市歌剧院公司签订了专属指挥家合同，还邂逅了魅力十足、美貌出众的玛丽露，与她结为连理。

其实两人刚认识的时候，玛丽露还身处上一段婚姻之中。不过他们在“第一眼看到对方的时候就来电了”，认定这是一场“命中注定的邂逅”。后来，玛丽露也确实成了阿罗的终身伴侣。

阿罗刚到纽约没多久，柏林市长就伸出了橄榄枝，表示愿意恢复他的地位，继续让他担任音乐总监一职，还邀请他去柏林国家歌剧院客串演出，但阿罗不忍心看到德国的惨状，婉言拒绝了。

后来，阿罗成了N响（NHK交响乐团）的名誉指挥，在玛丽露的陪同下多次来访日本，举办了许许多多的音乐会。他还说，“来日本就像回自己家一样开心”。

在一九五六年至一九五七年间，他再次就任N响的常任指挥，在日本各地举办了巡回演出。听众们十分热情，门票总会被一抢而空，让夫妻俩又惊又喜。

对阿罗夫妇来说，那应该是他们这辈子最充实、最美好的时光。

我先生无论走到哪里，都会把装有老师照片的相框带在身边。

他没有在古典乐的大本营欧洲学习过，却能坚持走在正统派的路线上，这多亏了老师的严格指导。我先生学得也着实拼命，为了切实吸收老师的教导，再大的屈辱都忍受得了，再难听的话也能咬牙听进去。这么想来，他说不定真是个天才型的人物。

先生过世时，阿罗夫妇写来一封温情满满的信。

亲爱的黑柳夫人：

接到了黑柳首纲先生离世的噩耗，我们深感哀痛。

谁能想到，他曾饱受病痛的折磨。不过我们近来的通信好像为他带去了几分慰藉，这让我倍感欣慰。

请您务必坚信，我绝不会忘记他，还有他为日本音乐界做出的伟大贡献。我们向您致以最诚挚和深切的哀悼。

殷切祝愿您今后的生活充满健康与祝福，被快乐的回忆环绕。

愿未来和平美好。

约瑟夫·罗彻斯托克携妻玛丽露敬上

后来，玛丽露也经常给我写信，温暖着我的心。

同年十月，北野医生在洛杉矶为我先生举办了盛大的追悼演奏会。

我本想在回日本前去纽约拜访对先生有大恩的老师一家，拍张照片留个纪念，可惜老师正好不在家，去奥地利、瑞士那边避暑了。第二年、第三年去纽约的时候，我也联系了老师，却一直没见成。谁知在去年十月十七日，老师因心力衰竭过世了。

听说老师总把彻子的照片摆在钢琴上，打心底里为她的成长欢喜。彻子每次从日本打电话过去，接电话的夫人都会大喊：

“老公，小豆豆打电话来啦！”

“OK，OK！”

电话那头会传来他激动的喊声。他总是高高兴兴地和彻子聊各种各样的话题，相约有机会一定要碰个面。

老师过世后，彻子给夫人打了慰问电话。夫人跟她说：

“骨灰还放在钢琴边上。我总觉得他在跟我说，‘把骨灰带到日本去安葬吧’。”

彻子连忙说道：

“那您可一定要来日本！这边有很多人受过老师的照顾，您什么都不用担心，随时来都没问题。”

我也立刻写信给她：

“我在先生的墓旁修了一座新的墓，许多我深爱的人就在那里安息。要是您不介意的话……大家都会时不时给老师送花的。”

夫人欣然答应：

“眼下我身子不太好，一时半刻还过不去，到四五月，等天暖和些了，身体应该能好起来。到时候，我一定带着先生的骨灰去日本，还请您帮着张罗张罗。”

她跟彻子也是这么说的。

听说夫人的身体不太好，我就回了一封信说：

“我的亲戚广濑医生就住在纽约，您有什么需要尽管联系他。他太太富子也是个热心人，随时都能开车去接您。”

我把医生的电话号码也写上了。

听说夫人联系富子时说了这么一番话：

“阿朝的信啊，我都不知道拿出来看了多少次，每次看都要掉眼泪。过一阵子，我一定去日本找她。”

谁知老师才走了三个月不到，玛丽露就随他去了。接到噩耗时，我真是大吃一惊，难过极了。她比阿罗小了整整二十五岁！我在书里提到过阿罗老师，他本人没机会看，至少也想让夫人看一看啊……太遗憾了。

他们真的很恩爱。直到最后的最后，玛丽露都奋不顾身地爱着老师，所以才会心力交瘁吧。这让我由衷地羡慕。

后来，我想找个熟悉情况的人聊一聊，就打电话给他们的公寓，谁知电话都已经停机了。

此时此刻，阿罗肯定已经在天堂见到了我家先生。

“黑柳先生，咱们再来场二重奏吧。”

说不定，他们正在快活地讨论这些。

“活着”当然好，但活着的时候难免会碰到伤心难过的事情。一切都跟做梦一样。人啊，真的会做形形色色的梦。

罗彻斯托克老师为日本交响乐团带来了黎明，还在无数人心中播下了“正宗古典乐”的种子。愿老师和美丽的夫人能在天堂平安喜乐，再无忧伤。

第五章

搬家人生“芝麻开门”

回到原点，从头开始

暴脾气的二重奏

“乃木坂俱乐部”是日本的第一栋“公寓楼”。我们夫妇的新婚生活就是从这里开始的。公寓的一楼有食堂、咖啡厅和浴室。房客凭餐券用餐，浴室是免费的。

画家、作家、外国人……这里住着各种各样的房客。我婆婆是“老江户”，每次来都要感慨一番：

“呀，这就是‘公鱼’啊！”

先生总会当着我的面，难为情地纠正她：

“不是‘公鱼’，是公寓啦。”

第二年，我有了身孕。孩子出生后，再住“公鱼”就不太方便了，于是我们在附近租了一栋房子。

房子位于赤坂桧町，是一栋双层小楼。一楼有两个房间，外加一间厨房，二楼还有一个六张榻榻米大小的房间。

出门往右是六本木，往左是青山一丁目，都是步行不到十分钟就能到。

这样的房子放在今天也算是黄金地段了，可当年那一带只有零零星星的大宅邸。

隔壁的石黑阿姨长得胖胖的，人特别好，很照顾我们。石黑叔叔是泥水匠，隔三岔五就在家里开骂。

我先生也是动不动就吼，大概是隔壁的骂声给了他底气。两边都是典型的“老江户”，脾气暴躁，在嘴巴不饶人这方面也不相上下。房子的用料都不太好，所以无论哪边在吼，隔壁都能听得清清楚楚。

一天早上，我惊讶地发现石黑阿姨正在家门口的空地烧衣橱，忙问：“您烧衣橱做什么啊？”

阿姨回答：“我嫁过来的时候，这个衣橱里装满了和服，可日子过得太苦了，和服都被我卖光了。我家那口子每次撞到这个橱子都要嚷嚷，‘烧掉算了，反正里头是空的。’气死我了，我偏要烧给他看！”

我安慰她：“我家也没几件衣服，不过也没有衣橱，感觉房间可宽敞了。”

石黑家有很多孩子。一天，阿姨招呼我过去，说是大儿子去山上弄了点蜂蛹回来。跑过去一看，只见阿姨正用平底锅炒蜂蛹呢。那些蜂蛹长得跟蛆虫似的，怪恶心的。

“这是治暴脾气的特效药，给你老公和我家那口子吃正好。”

说着，她热情地往那盘炒虫子上浇了点酱油，分了我一半。

回家后，我盯着那盘东西看了半晌，想来想去，还是没敢拿给孩子他爸吃。毕竟他每次大发雷霆、大吼大叫之后，都会一个劲儿地道歉：“能娶到你是我八辈子的福气。只要有你在，我就别无所求了……”

“这是专治暴脾气的特效药，一吃就起效，绝对管用。听说脾气再差的人也是一吃就好呢。”

要是我端出这盘菜，再这么暗示一下，说不定真能治好他。把蜂蛹倒掉之后，我不知道后悔了多少次。

第二天，石黑阿姨问我：

“给他吃了没？”

我嘴上回答：“嗯……”也不知叔叔是否吃得下去。反正两个大老爷们的脾气都没改。

彻子就是在这栋房子出生的。说来也巧，彻子长大后住了许多年的公寓，就建在当年的出租屋的原址上。这回，又轮到我搬过来住了。

起初，彻子跟我都没注意到，这是多么不可思议的缘分呀。我把住了十五年的镰仓半山腰的宅子低价让给了朋友，回到阔别五十年的原点。

彻子三岁时，我先生当上了新交响乐团的首席小提琴手，每天都要去排练。于是，我们从乃木坂搬去了离排练场更近的东洗足。我的搬家人生就这样拉开了帷幕。

东洗足的出租屋小小的，有红色的屋顶，颇有些洋房的感觉。我们在这里迎来了长子明儿的诞生。

后来，我们又搬去了北千束。房子是先生在散步的时候相中的，也是小小的出租屋，但院子里有个一坪左右的池塘，很合他的心意。

我先生最喜欢小河、小池塘之类。他用砖块加固了池塘的边缘，还在池里养了很多金鱼。平时他一点家务都不做，可无论搬到哪里，他都会特别起劲地砌池塘、挖小河。一下大雨，他便会套上雨衣，戴上雨帽，全副武装，抄起长长的铲子挖他的“小河”。

所谓的“小河”只有十多厘米宽、十多厘米深，说是长水沟还差不多。他就这么挖啊挖，把水沟和马路的侧沟打通。于是雨水就涓涓地流淌起来。接着，他会搜集一些小石子，加固水沟的两侧。

只要雨还在下，水还在流，他就会像个孩子一样蹲着埋头苦干，一忙活就是好几个小时。

“当心感冒，得了肺炎，我可不管。”

我拿他没办法，只能唠叨几句。渐渐地，我也会在他的带动下帮帮忙，在小河边种上草皮和花根，或是插几根略大一点的松树枝。

镰仓的房子有很大的院子，先生在家的时间也比较多，我们当年经常这样一起拾掇“小河”。他的幼稚的确让人不知所措，但现在回想起来，那段造河的时光真是平和极了，让我们都品尝到了纯真的幸福感。

次子纪明和次女友理是在北千束出生的。全家上下没有一个孩子能避免跌落池塘的命运，大家都在池子里接受了洗礼。

先生有很多朋友住在那一带。比如已经过世的指挥家上田仁先生，还有毕业于东大法文系，却当了音乐评论家的吉田秀和先生……天一黑，朋友们就不约而同地来到我们家，畅谈音乐到天明。

聊到半夜两点多难免肚子饿，我常给他们做夜宵。再粗糙的小菜，他们也一点都不介意，大有“除了音乐别无所求”的架势。

邻家阿姨告诉我，最适合新手种的菜就数小松菜了，于是我在院子里播了很多种子。她还教了我一招，说是没有比人尿更好的肥料了。我便让家里人都尿在桶里，加水冲淡了浇菜。

没多久，菜就长起来了。叶子特别有光泽。可家里人都说：

“恶心死了，我才不想吃呢。”

负责浇菜的我也没有食欲。到头来，好多菜都给阿姨家养的鸡吃了。

又过了一阵子，菜的顶部开出了黄色的花朵，漂亮极了。

彻子和明儿就是在这个时候染上了猩红热，住进了雪谷的荏原医院（传染病隔离医院）。我也陪着他们住了一个多月的医院。

屋漏偏逢连夜雨，先生在倒腾盆栽时不小心用凿子戳伤了左手的食指，没法拉琴了。

我的母亲会帮着做便当，让先生骑自行车送到医院。他担心孩子们的病情，我一直不在家也让他寂寞得紧。他一见到我就像小孩子似的哇哇大哭：

“为什么我要遭这种罪啊……”

后来，还在上小学五年级的明儿得了败血症，只熬了一个星期就去了天堂。这场悲哀的考验，也是我们住在北千束的时候降临的。走在路上的时候，坐电车的时候，眼泪都止不住地流。那段日子真是太难熬、太辛酸了。

明儿才走了不到三个月，先生就应征入伍，上了战场。眼看着空袭一天比一天猛烈，房子也因为强制疏散政策被拆除，我们只得搬去青森县躲避战火。

战后，我们在原来的地方重建了一栋小房子，开启了全新的东京生活。

带站台的玫瑰屋

新建的小房子是白墙红顶，面积只有十二坪，但院子很大。从目蒲线北千束站的站台跳下来，就是我家的院子。

大家都说：

“你家是带站台的嘛。”

我们在院子里开辟了一片菜地，南瓜、黄瓜、绿叶菜、土豆……什么都种过。把大大的长柄勺伸进掏粪口，舀些肥料出来，倒进菜地的小沟里，就等于是施肥了。不可思议的是，比起人的排泄物，厕纸之类的垃圾反而更令人作呕。我实在看不下去，每次施完肥都要火速盖些土上去。不过更神奇的是，全家上下竟对这一批自产蔬菜心怀感激，吃得特别起劲。

昭和二十四年（1949）末，先生平安归来。不到一个星期，他就被东京交响乐团聘为首席小提琴手。那段时间他充满了活力，全身心投入工中，忙得团团转。

他在西伯利亚待了那么久，似乎有些不一样了，还一本正经地说什么："从今往后，我会洗自己的内衣内裤。"我原指望他的性子能稍微收敛点，可惜没过几天就打回原形了。

他火爆的脾气一点也没改，眼里只有小提琴这一点，也跟原来一模一样。我又要"照看"先生，又要扛起家里所有的重担，伤心难过的事自然少不了。那段日子我熬得特别辛苦，三天两头掉眼泪，还时不时带着孩子们集体出走。

渐渐地，市面上可以买到蔬菜了。于是菜园就变成了花园。先生就是在这个时候迷上了玫瑰，搜罗不同的品种，弄一些牛粪和鸡屎回来当肥料，忙得不亦乐乎。

"买肥料的时候，你从不给我好脸色看，可是花一开，你就一个劲儿地剪下来送人卖人情，哪有这样的啊。"别看他嘴上发着牢骚，心里其实得意得很。

三子贵之是在这栋房子里出生的。当时我已经四十七岁了。

还怀着贵之的时候，山田耕作[①]老师说要跟夫人一起去拜访一位姓川上的算命先生，我就跟着去了。

当时孩子才三个月，周围也没人知道我有身孕。谁知算命

① 山田耕作（1886—1965），日本著名作曲家、指挥家。

先生一见到我便说：

“你有喜了吧？”

就在我大吃一惊之际，他接着说道：

“这个孩子会成为你的好帮手，要好好把他生下来哦。”

那会儿我还担心自己能不能活到这个孩子二十岁成年，可现在呢？小儿子都已经是两个孩子的爸爸了。幸好健康又长寿，我才能见到两个可爱的孙儿。

好不容易买了地，建了人生中的第一栋房子，却因为种种难处不得不转让给别人。我们一家则搬去了自由之丘的出租屋。

这次租的不是一整栋房子，而是大宅邸的一楼会客室和二楼的三个房间。

新家离制琴师笠川先生的住处特别近。

我先生不光是拉琴专家，对乐器本身的兴趣与探究之心也是一等一的，鉴别能力同样很强。

一得闲，他就会翻看关于乐器的史书。当然，最让他着迷的莫过于意大利产的小提琴，所以克雷莫纳的制琴师，清漆，小提琴的颜色、音色与形状都成了他埋头调查研究的对象。他还向笠川先生讨教了不少知识。

即便是别人的乐器，他也能做到过目不忘。琴弓当然也不例外。老话说“善书者不择笔”，但杰出的演奏家难免会对优秀的乐器和琴弓产生向往。它们也都是物有所值。

先生还感慨万分地跟我讲了塔里西奥的故事。

塔里西奥是一个为小提琴痴狂的意大利人，他终身未婚，一心收集名琴。

他有许多让小提琴家垂涎三尺的斯特拉迪瓦里琴，都放在一栋小房子的阁楼里。最后，他抱着其中最好的一把琴，孤零零地离开了这个世界。后来，他的姐姐来整理遗物。

她做梦也没想到弟弟的藏品都是一等一的乐器，把它们统统贱卖了。

住自由之丘的时候，我先生经常发脾气，又是大吼大叫，又是摔东西。可能是因为他当时还比较年轻。他一发作，我就立刻冲到笠川家搬救兵。要是让住在同一栋房子里的房东和邻居们听见了，那就太难为情了。

笠川先生每次来都说：

“小黑啊，堂堂一个音乐家，你这是干什么呀？”

而我家先生每次都会蜷起身子，躲进房间角落的大书桌下面。无论谁劝他“快出来吧”，他都不听。这哪是大人干得出来的事。

“算了算了……”等笠川先生磨不过他，打道回府后，他才会厚着脸皮爬出来说，“两口子吵架，你干吗叫外人来啊？”

这话一出，我们又会吵起来。我曾跟笠川先生说过这样一句话：

“要是能安安心心地让老公疼爱，什么事都能找他商量，什么也不用担心，尽管依靠他就行，那该有多好。那样的日子能过上一天，我也愿意啊！”

一天傍晚，我跟笠川先生一起去听先生的演奏。走着走着，只见对面来了个体形与相扑选手高见山有得一拼的人。笠川先生说道：

“你能放心‘依靠’的人来了。”

我也顺着他的话说，这辈子就认准他了。两人哈哈大笑。

“住这儿不行，你动不动就去请笠川先生。”

先生怨声载道。虽然才住了三年多，我们也只能搬家了。

这一回租的房子在世田谷区的上马，只租了二楼。房东先生是大学的国文老师。

一天，报纸的广告栏登出了一处不错的房源，恰好就在附近，于是我们就在好奇心的驱使下去看房，顺便散散心。红白两色的梅花送来阵阵幽香，整栋房子用的都是扁柏木，房间足有十五六个。我们一眼就相中了这栋绝美的豪宅。

天上掉下来的豪宅

至于我们是如何在朋友和房主的盛情之下意外买到了这栋房子，我会在之后的章节里细说。反正，这房子就像是“从天上掉下来的”一般。一大家子人在那里过上了开心的生活。

彻子和她的弟妹们都在，还有结了婚的小女儿一家，再加上阿峰，总共九口人。

家里总有五六个纪明和贵之的朋友住着，厨房的任务自然艰巨，不过为食欲旺盛的青年人做饭也是一种甜蜜的负担。

不久后，家里多了个小宝宝。再后来，一个变成了两个。现在回想起来，那应该是我们家人口最多、最有活力的时代。

那时，我会在晚饭后给孩子们一人发一个蜜橘当甜点。一天晚上，我明明记得自己把蜜橘放在了彻子面前，可转头一看，蜜橘居然不见了。我望向彻子，却没有在她脸上找到刚吃过东西的迹象，嘴也没动。于是我问道：

“不好意思呀，还没给你橘子吧？”

彻子却回答：“我已经吃掉了。”

其他孩子都还在剥皮呢。直到现在，彻子吃东西还是一样快。在日式酒家之类的地方一边用餐一边谈事情时也不例外，对方还没动筷子，彻子的餐盘上已经什么也不剩了。而且她一边扫荡着饭菜，一边用比人家快上两三倍的语速说话，该附和的时候附和，有时还感动到掉眼泪。

不可思议的是，对方完全注意不到彻子在一个劲儿地吃东西，往往都是事后才反应过来，大吃一惊。

今年三月，她在一档叫《好伙伴》的电视节目里和山冈久乃女士、池内淳子女士进行了一场三人对谈。“老了就三个人一起住养老院去吧。”讨论热火朝天，彻子吃东西的速度还是快得吓人，搞得上菜的女服务员都慌了，“扑通”一声摔倒在地，真是可怜。

餐桌正中间放着一个大盘子，盛有三人份的刺身。彻子迅速吃掉了半盘，于是她那半边的盘子就空了，底下的图案都露了出来，看得我替她捏把汗。录制工作结束时，山冈女士和池内女士都没吃到几口东西。见彻子吃成那个样子，她们都傻眼了，哈哈大笑道：“哇，太厉害了！”

下一次搬家就是去镰仓，但当时孩子们都已经离巢独立，彻子搬去公寓住，纪明也在婚后搬进了新家，贵之则去了美国留学。

搬家的时候，我尽可能处理掉了一些不需要、用不上的东西。可即便如此，行李还是塞满了八辆卡车。

后来，接手这栋房子的朋友打了电话过来，说我有十多瓶果酒放在走廊地板下面的储物室没带走，其中包括陈年的梅子酒。“那些酒都被我们喝啦，太美味了！”

其实我还给朋友留了其他的东西，比如放在榻榻米房间的家里最大的桌子，外加最高档的壁龛挂轴。

为什么要这么做呢？因为我看过的一本书上说，古时候城主开城投降，都会把最值钱的挂轴留在壁龛里给下一个主人。再说了，镰仓的新家又不是用扁柏建的，也没有气派的和式房间。

这份心血来潮虽然有点装模作样，但还是很有情趣的。

有松鼠做客、有鲜花绿叶装点的家

镰仓的家建在半山腰上，绿树成荫，空气清新。我先生有肺气肿的老毛病。对他来说，那着实是个宜居的地方。他总是说：

“孩子他妈，以后别搬家了，我就想死在这儿。”

之前有好几次搬家是先斩后奏，我没提前跟他商量，只交待了一句：

“反正肯定比现在住的地方好多了。”

然后再带他去已经定好的新家看一看，就看一次。收拾行李的确很费事，但肯定指望不上他帮忙，横竖都是自己张罗。所以在我先生的印象中，搬家的手忙脚乱总是在某天早晨突然开始的。

早上出门的时候，他会拎着小提琴问道：

“孩子他妈，今天我该回哪边？”

“回新家哦。”

“哦。”

就这么简单。

正如他所期望的那样，镰仓的家成了他的终老之地。这一次搬家只有我一个人上路，熟悉的对话也没有再度上演。

于是，我又回到了刚成家时生活的地方，那也是我第一个孩子诞生的地方。不过我总觉得，这恐怕不会是最后一次搬家。

永井利史子女士（婚前叫名岛俊子）是我在女校时的同学。我们当年都是文学少女，还一起办过同人志。现在我们也会在半夜互通电话，一聊就停不下来。

她是和歌诗人，总会通过新作品为我加油鼓劲，这样的好朋友上哪儿找啊。她还写过这样一段关于孩子他爸的文字：

阿朝清新的文笔总能让我忘记自己的年龄。昨天收到的信更是让人心潮澎湃，为我的短歌创作注入了新的动力。

一眨眼，阿朝深爱五十余年的夫君守纲先生已经去世三年多了。

话说回来，阿朝还记得我们三个在札幌高地的寿司馆敞开肚子吃帝王蟹那天的事吗？守纲先生聊到了他的防癌心得，还表演了他为缓解运动不足构思的独门体操，把我逗得哈哈大笑。他明明是伟大的小提琴家，却没有一点架子，特别谦虚温厚。

他在世的时候一直保持着匀称的身材，是位戴帽子非常好看的绅士。

阿朝，你一定要保重，把守纲先生的那一份精彩也活出来！

听说我要卖镰仓的房子，朋友们都说：

“这房子住起来那么舒服，有那么多可爱的花草树木，连松鼠都爱来你这儿玩，亏你舍得卖。”

话是这么说，可我觉得，当年不是也有好心人把这套房子低价卖给我们，让我先生度过了幸福的晚年吗？能让下一任房主尽情享受这里的生活，我也心满意足啦，没有什么舍不得的。

我听过这么一句话：“女人的心是不能扎根于大地的。”这到底是什么意思呢？是不是说，一旦把根扎得太牢，就动不了了？是不是只要把根轻轻落在半空中，就能自由自在地活动了，也不会变得顽固，还能对人敞开心怀？

对过去恋恋不舍，或是死抓着过往不放，是我最讨厌的事情。为了不让我的女人心牢牢地扎在地上，我准备一次次轻盈地飞向全新的土地与全新的生活，考验自己试试看。

告别镰仓，告别滚滚

决定离开镰仓的时候，最让我们头疼的就是狗狗“滚滚”的安置问题。

刚搬来镰仓没多久，滚滚就成了我们家的一分子。一天早上，跟我住在一起的小女儿友理照例送孩子去幼儿园。刚走出园门，她便看见三四个小学生正把一只小狗装进纸箱，一边装一边还嚷嚷。小狗是褐色的，长得圆滚滚、肥嘟嘟的，十分可爱。

孩子们说：“狗狗是我们捡来的，可一会儿还得上学，怎么办啊……”

小狗实在太可爱了，友理想也没想就说：

“那就给阿姨吧，我家就在这附近，你们要是想它了，可以随时来玩。我一定会好好疼它的。”

于是，小狗就这样被抱回了家。一眨眼，十五年过去了，友理家的老大那时才四岁，现在已经是大学生了。当年还是个小婴儿的老二也上了高中。

滚滚年纪大了，该把它送到哪儿去呢？我也考虑过，要不就让家住成田的小儿子贵之接走吧。

当年最疼爱滚滚的就是贵之。上初中的时候，他总是放滚滚进自己的房间，和它一起睡觉。搬去成田以后，他每次过来玩都会立刻把狗放进屋里。有时一人一狗一起坐在沙发上，有时他抱着已经长成大块头的狗在家里到处走。

临走时，他跟滚滚惜别的时间总是最长的。但分别总归让人难受，所以他会趁滚滚不在的时候悄悄回去。贵之走后，滚滚会慢吞吞地从玄关走进屋里，把每个房间都找一遍，确定贵之真的不在了，才垂头丧气地出去，就像是死心了一样。

贵之说了这么一句暖心的话：

“妈妈，我不是因为没人要才不得不管滚滚。我是真的想要它，所以才想接它回去呀。”

可我转念一想，滚滚都一把年纪了，让它颠簸两个多小时坐车去一个完全陌生的地方，也太可怜了。还是把它留在这里，拜托接手这栋房子的朋友好好照看，这样最好了。

但是孙子们都说，把滚滚撂下，和抛弃它有什么两样！

“到底该怎么办？滚滚，你自己说说看呢？”

天知道我问过滚滚多少次。

我这辈子养过许多狗，每只狗都是家庭的一分子。不过狗也有五花八门的性格，每只狗的个性都很鲜明。一旦开始养了，就跟养孩子一样，不能因为性格不讨喜就狠心抛弃。

晚年的滚滚脾气特别好。不多管闲事，不低三下四，坦坦荡荡，心思却也细腻。它也是我们家的好警卫，一直保护着大家。

杂志社的人来拜访我，要在院子里拍照的时候，它一定会凑到我身边，想要挤进镜头。人家按快门的时候，它也会露出可爱的表情看着照相机。我还开玩笑说，我们家滚滚特别有明星范儿。

滚滚仿佛看出了大家在为它痛心。从去年年底开始，它的精神就越来越差了。那模样就好像在说，“有我在，会给大家添麻烦的，所以我先告辞啦”。眼看着它的状态一天不如一天。

后来，滚滚甚至开始咳嗽了。我们隔天送它去医院打针吃药，好不容易才控制住。谁知咳嗽刚好，它的肚子又胀了起来，可能是有腹水。站着的时候，肚子贴着地面，连走路都很吃力。脚也水肿了，用手指能按出坑来。不过它的食欲还不错，吃得下很多东西。

我摸摸它的头说：

“滚滚啊，不用为我们操心，一定要好起来啊！”

它用从没有过的温柔声音“呜呜”了两声，好似在哭泣。

眼看着自己疼爱了那么多年的小动物一步步走向死亡，心里真不好受。

到了一月底，滚滚的病情越来越严重。为了让它更舒服一点，我们在玄关口铺了被子，配了一个小小的电暖炉。

可滚滚一整晚都挣扎着要出去，叫个不停。我心想，外头那么冷，要是第二天早上发现它被活活冻死，也太对不起它了。无奈滚滚不愿意待在屋里。我们实在没办法，只能放它出去。

它没有进狗屋，而是靠在房子的外壁上，疼得直叫唤。

我们用毛毯和塑料膜之类的给滚滚弄了个围栏，挡住冷风，还在地上铺了被子。谁知被子刚铺好，它就走到旁边没铺被子的地方去了。是不是肚子在发烫，直接贴着地面会更舒服一点？大家都很担心。

第二天一早开门一看，滚滚都冻得不成样子了。我大吃一惊，哭着去摸它的头。它时不时盯着我看一会儿，然后闭上眼睛，身子一软瘫倒在地。当天晚上，大伙儿做了个担架，费了好大的劲儿才把滚滚搬上去。这一次，我们在客厅铺了塑料纸，再加一层坐垫，好歹让它躺着。它的肚子越来越鼓，只能喝得下水。

女儿和孩子们一会儿摸它的背，一会儿摸它的胸口，哭个不停，眼泪止不住地流。十二点过后，我对孩子们说："明天还要上课呢。"让他们先睡，自己在滚滚旁边铺了被褥躺下。

滚滚还是盯着我的脸看。当晚平安无事。无论是狗还是人，即便病成这样，也没法像安然入睡那般说离开就离开。

保护全家那么多年，做出各种可爱的动作逗我们开心的滚滚，即将踏上前往天堂的旅程。在大家哭着摸它的时候，它盯着每个人的脸看，眼里噙满了眼泪。溢出来的眼泪化作泪滴，落在地上。

"滚滚也很伤心，好像它最懂得离别有多难受了……"

接下来的一个星期，我和友理轮流陪夜。还记得滚滚去世的那天凌晨，我在半梦半醒之间听见友理轻声唱着摇篮曲。知道女儿在照看着，我就放心了。一看钟，快五点了。

然后我就睡着了。在友理的陪伴下，滚滚安详地闭上了眼睛。当年就是她问小学生要来了滚滚。它没有戴项圈，但我们给它系了丝带，别了鲜花。它就这样带着可爱祥和的表情，永远地睡着了。孩子们都哭肿了眼睛，上学也迟到了。

我们请殡仪公司接走了滚滚。出门的时候，它的好哥们次郎也来送行，眼里都是泪痕。

次郎是五六年前住我们隔壁的朋友养的狗。它跟滚滚特别要好，大家都不知道是怎么回事。因为两只狗都是公的，见它们一天到晚结伴在山里撒欢，我们甚至开过玩笑说：“它们不会是好上了吧。”

后来，朋友搬去了离这边还有点距离的镰仓山，可没过多久，次郎就回来找滚滚了。

起初它每天也会去镰仓山一次，但是这三四年基本都泡在我们家。次郎痛失好友的悲伤让我们哭得更凶了。

孙子们本来就嚷嚷着要给滚滚送终，最后也如愿了，如此一来总算是下了搬家的决心。我觉得大家最后能一起照看滚滚，与它尽情道别，是不幸中的万幸。我终于能不留任何遗憾地与镰仓告别了。

活着也好，邂逅也罢，最后都会有“离别”。对生命而言，惨死在荒郊野外和有无数花环装点的盛大葬礼又有什么区别呢？留在生者心中的东西，才是真正宝贵的。

第六章

阿朝式顺其自然

穿衣打扮的乐趣

以“废物利用的天才”自居！

永六辅先生在《彻子的小屋》登场时，穿着浓淡有致的蓝染上衣。料子看着像棉布，还印着条纹。我边看节目边感叹，这衣服十分时髦，穿起来也肯定很舒服。谁知聊着聊着，他居然说这件衣服是用他奶奶的褥子改制的。

“难怪，永老师就是厉害！”

我不禁向电视机探出身子，仔仔细细地看。古老的淡青色棉布一定被洗过许许多多次，每次下水，它的美都会更强韧地绽放光芒。这就是那件衣服给我留下的印象。

衣服和人相称极了。棉被褥在永老师家里走过的漫长历史，还有随意提起这件事的永老师的出众口才，都牢牢吸引了我。

那件仿佛是洗去了岁月铅华的上衣，也和他的伟大人格完美契合。旧衣和新人的组合太有趣了。

我也很喜欢开动脑筋，想各种办法改造旧物，沉浸在“形象大改造”的乐趣中，一直以“废物利用的天才”自居。不过我是因为没钱，才想出了这么个办法。

有一个收入不稳定的音乐家丈夫，再加上包括彻子在内的五个孩子，婚后五十多年来，我从没享受过“想买什么就能买什么”的日子。自己用的东西就不用说了，连孩子们的要求都不一定能满足。

毕竟当年物资匮乏，“什么都能买”是不可能的，“什么都买不了”还差不多，每分钱都得精打细算。也多亏了那段拮据的日子，我爱钻研、爱自由发挥的天性得到了极大的磨炼，得以一展身手的机会可不少呢。

就算有闲钱给自己买衣服，我也宁可用这笔钱买一些大家都能用的方便的东西。

我穿的衣服都是自己做的，一切全凭创意，缝到哪里是哪里。埋头苦干，一针一线仔细缝可不是我的风格。

在女校念书的时候，我的裁缝课成绩总是“丙”。

我用旧毛衣做过好多童裤。给淘气的孩子们备几条裤子都不嫌多。

做法很简单。把孩子的两条腿塞进毛衣的袖子里，然后用剪刀把前后两侧多出来的部分剪掉，再一针针地缝好，最后在腰部穿上一根橡皮筋就大功告成了。

被先生穿到手肘破洞的衬衫，还有膝盖破洞的保暖裤，也都被我染成其他颜色，改造成我和孩子的衣服。剩下一点布料就做成帽子和小挎包之类的配饰。

有时，我会翻出老照片，看一看孩子们穿着旧毛衣改造的裤子、戴着用同款旧毛衣做的小尖帽。简直太时髦、太可爱了！

我一开始染布就停不下来，内衣、文胸、内裤、袜子、手套……统统都要染一遍。

孩子的夏装怎么办呢？买两条好看的毛巾，把肩膀那块儿缝起来，再留两个袖口，把侧面剩下的部分都缝上，就这么简单，既省钱又省事。当然，只有还没上小学的孩子才能这么穿。

我自己的衣服也不例外。一旦淘到好看的包袱皮，就买两块回家，用同样的方法做成上衣穿。或是把一块比较大的方布对折成三角形，开个洞好让头伸进去，其他地方锁个边就完成了。至于袖子，有时保留尖尖的三角形，有时根据上身的效果随便裁一裁。这么做衣服，简直跟原始人差不多。

最近很流行轮廓神似鱿鱼头的雨衣和外套。我一看到那样的衣服就想，那不是我几十年前穿过无数遍的风格嘛。

当年绞尽脑汁做出来的东西，如今也是正儿八经的前沿时尚了。

话说回来，我的母亲也是“叠穿大法”的先驱。里面穿我的旧毛衣，冷了就加一件短袖毛衣。母亲个子不高，所以我穿着有点长的短裙到了她身上就变成只露出脚踝的程度。她还经常在外面加一层孩子们穿的短裙，弄成“两层裙”。

有一次，来做客的朋友向我诉苦，说家里没衣服穿，愁死人了。于是我就模仿尺蠖的动作，用手量了量她的肩膀。腰围和臀围就用绳子量。然后把手头的旧衣服裁开，再按大概估算的尺码给她唰唰唰地缝好，连纸样都不用。在她回去之前，衣服就做好了。我拍着手把衣服递过去，说：“这衣服你就穿回去吧。嗯嗯，好看，好看。”

朋友向我道谢：“我这辈子从没穿过尺寸这么合适的衣服。”

我就是这么解决穿衣问题的，所以家里最穷的时候也不至于没衣服穿。

假设我凑巧在某家店看到一件特别称心的衣服，但是买不起该怎么办呢？我会在脑子里画一幅素描，记下衣服的颜色、材质和款式之类。要是我画工还可以，直接画在笔记本上当然最好，可惜我实在不擅长画画。

用这种方法记录下来的好衣服总是挂在我脑海中的衣橱里，

等待着“重见天日”的时刻。

一旦发现类似的便宜边角料，我就会买下来，对照记忆，用自己的法子做出一件差不多的。

衣服都是手工缝制，一边看电视一边做活计。因为手缝的线容易改，也容易拆。我这人从不一门心思看电视。总是一边看，一边还要写写信、看看书或是织毛衣什么的。当年只有广播听的时候也是这样。如此看来，我也算是“一心两用族”的先锋。

买到布料后，我就把布平摊在地上，先喀嚓喀嚓地裁成大片。既不用纸样也不用尺子，全靠目测。要是孩子他爸正巧在旁边，他就会紧张地问个不停：“孩子他妈，这么剪行不行？要不要紧啊？”

只要稍微裁得大一点，留点余地就行，没问题的。裁得太大了，就走一步看一步，再想想办法，这个过程也是很有趣。穿上皮筋收一下，打个褶做成系缎带的地方……如此随机应变一番就是。有时候目测也会出错，错得还很离谱，把衣服弄得太紧了。我却毫不慌乱，把侧边的线稍微拆掉一点，直接做成开衩的衣服，大有“侧面有缝又如何”的架势。

我的身材比较胖，所以穿麻布、哔叽这种紧实的布料不太好看，更喜欢能软软地贴在身上的料子，比如天鹅绒、尼龙。无论是裁剪还是缝都很轻松。

好比上衣加喇叭裤的套装，两个小时就能缝好。穿在身上也要在心里炫耀一番：“不错，真时髦，真时髦！”

可惜，最近穿针引线花的时间比实际缝衣服的时间还长了。

消失的帽子和带羽毛的贝雷帽

决定整体造型的关键，应该就是“发型”了。要是发型不对头，穿的衣服、配的饰品再好也是白搭。凯瑟琳·赫本的发型就棒极了，洋溢着知性美。

她的脸上有许多雀斑，称不上标准的美人脸，却能给人留下绝美的印象，打动观众的心。也不知是她的演技过硬，还是人格魅力使然，反正我只有佩服的份。不过光看外表的话，我总觉得起决定性作用的还是那看似随意的发型。

在穿衣打扮这方面，找到最适合自己的发型，也许比淘到漂亮的衣服更重要。可是直到现在，我还没找到这样的发型。更要命的是，我还不喜欢去美发厅做头发，也许是因为太抠门了。说得再准确些，是我不舍得花时间坐在干发机下面。

所以需要出门的时候，我随意在头上卷几个夹子，把头发弄卷，这样脸的周围就不至于太难看。

可是自己弄头发，很难顾到头顶和后脑勺，最后要戴一顶帽子“遮丑”。我会保证身边有一顶戴起来显得不那么刻意，又和自己很搭的帽子。

于是，前年在纽约淘到的黑帽子就成了我心目中无可替代的宝贝。它有点像贝雷帽，却不是真正的贝雷帽。戴着不显眼，材质是柔软的丝绒，能开发出各种各样的戴法。无论是白天戴还是晚上戴，要见什么人，戴上它都不会失了礼数。

谁知有一天，帽子突然消失不见了。是不是被我忘在哪儿了？我回忆之前去过的地方，又是打电话问，又是亲自去找，却没有找到。是不是放在家里的某个角落了？我把能找的地方都找了，连被套里面都翻过了，可就是找不到。我只能请纽约的朋友帮忙再买一顶一模一样的，店家却说这种款式的帽子已经没了。好绝望啊。

马上要踏上演讲之旅了，但原本想戴的帽子却没了。怎么办？下面就给大家介绍一下专为解决这个问题而设计的“羽毛帽”。

我想起压箱底的旧帽子里，好像有一顶是用很软的皮做成的，乍一看像是黑色的“大黑天[1]神帽”，也有点像贝雷帽。当时我只想找一顶黑帽子，非黑的不可。那是很多年前朋友送的，

① 日本的财神，为七福神之一。

我当时很喜欢。可翻出来一看，皮都变硬了，还长满了霉斑，戴也戴不上，真不知道是帽子缩小了，还是我的头变大了。

接下来怎么办呢？越是有困难，我越会拿出十二分的干劲来。我先往温水里倒了些护发素，再把帽子泡到水里，用比较软的刷子清除霉斑。刷过一遍之后再冲洗干净，然后换一盆水倒入护发素泡上，等水凉了接着换。心想，只要耐着性子，一遍遍重复这个步骤，硬邦邦的皮说不定就能变软。这招果然大获成功，帽子恢复了天鹅绒般的手感。

下一步是把帽子撑大。我找了些报纸，叠起来揉成团往帽子里塞，心中默念着："快变大，快变大！"

第二天，我拆下报纸团，对照着那顶消失了的宝贝帽子留下的模糊记忆，反复拉扯还没干透的皮，调整帽子的形状，尽可能接近原来那顶。接下来的创意可有意思了，且听我细细道来。

我决定，在一点五厘米左右宽的帽檐上缠一圈鸟羽飘带。羽毛是从一顶夏天戴的帽子上拆下来的。那帽子是在夏威夷的旧货市场淘到的。在各式各样的旧货里，有个标价一美元的麦秆帽，缠在帽子上代替飘带的羽毛实在太漂亮，我就忍不住出手了。只是帽子本身不太适合我，我便把羽毛拆下带回了家，用图钉固定在起居室的墙上，时不时看两眼。

有几根羽毛上有红色、粉色、灰色、黑色的斑点。到底是什么鸟的羽毛呢？颜色搭配得也很和谐，是非常美的深色调。

于是我灵机一动，有了！干脆把那些羽毛缝到帽檐上！

我很喜欢穿全黑或全白的长裤套装。帽子上的羽毛会增添一抹亮色，大概还挺搭的。

这一招的效果好极了，不过只有我一个人这么觉得。但这样就够了，我已经心满意足。

后来，我有几次是戴着这顶羽毛帽去工作和旅行的。比起那顶消失的帽子，这顶反而更适合我。

去仙台演讲的时候，我头戴羽毛帽，身穿白色的西装喇叭裤，配一条黑色的宽皮带，脚踩一双黑色漆皮短靴，在酒店的大堂里休息。

就在这时，一个戴着漂亮帽子的外国中年妇人在我旁边坐下，用英语跟我搭话："你的帽子真好看呀。"

她还夸奖说："我特别爱帽子，家里有五十多顶，可没有一顶比得上你头上的，这是哪儿买的呀？"

我的创意还是很管用的嘛，真开心。看来失去某个东西，也许能带来新的发现。

完美的蝉翼纱蝴蝶结！

我第一次参演的电视节目——NHK的《妈妈学习室》竟被重播了三次，太让人惊讶了。

上节目的时候，我就戴着那顶羽毛帽，上身系有洋溢着少女味道的蝴蝶结。看了节目的朋友都夸蝴蝶结打得好，说是“很有你的风范”。

实不相瞒，蝴蝶结是用两百日元一米的洋装褶边做的。

一天，我想穿一件浅粉色的上衣，然后在胸口点缀一个有春天气息的配饰。缎带、围巾、领带……家里有的都试了一遍，却都不太对味。

对了，去洋装材料店淘点好看的蕾丝试试。店里有许多梦幻的蝉翼纱褶边，原本是装在上衣的领口、袖口等位置。我挑了一款足有七八厘米宽、由蒂罗尔绣带做的边饰。绣带上还有浅粉色的花朵图案，系在领口显得轻盈柔软，特别合适。

跟平时一样，我一点也不在乎别人怎么想，自己心里得意极了。

对我来说，这条褶边比高档的真丝围巾、领带和价值千万的贵重配饰更难得、更令人欣喜。

去年夏天，我在纽约街头遇到了一位白人乞丐婆婆。

她把自己的所有衣服都穿在身上，色彩斑斓，衣长参差不齐，材质也是五花八门。真有些迷幻艺术的味道，就像是搜集了一堆灿烂的红叶贴在身上似的。她手上提着七八个袋子，头发脏兮兮、乱蓬蓬，看不出发色是金色的还是栗色的。

但她皮肤很白，面相也和善，一直笑嘻嘻地看着来往的路人，表情显得很平静。那画面就像电影桥段似的，曾经的著名女星年华老去，变成了酒鬼……太美妙了。

她的笑看起来很幸福，不是奸笑也不是傻笑，惹得我都想向她挥手。

……不要忧虑，说：吃什么，喝什么，穿什么。你们要先求他的国，和他的义，这些东西都要加给你们了。[1]

《圣经》中的话语掠过我的心头。

在纽约有很多很多这样的人。

我似乎还没到“疯疯癫癫”的境界，却觉得自己跟人家有点像。他们也是在竭尽全力按自己的方式过日子。

我也不在乎别人是怎么想的，只要自己痛痛快快就行了。

---

① 出自《马太福音》。

我的筑城法

“借来的猫”[1]这个比喻到底是什么意思呢？我这人有个毛病，无论是住豪华气派的大宅院，还是狭小的临时住宅，都要把周遭改造成符合自己口味的模样，否则就像“被借来的猫”一样浑身不舒服。

家人外出归来，踏进家门的时候，能由衷地觉得：还是自己家好，待着舒心。我的目标就是打造出这样的家。我一贯认为，为了让家人住着舒服，待着爽快，让每个人的心情都能在家里平静下来，用时髦的点子构筑居住空间是非常重要的。

当然，比起思考“用什么装饰品”，等待大家归来的那个人的心态显然更重要。把两边兼顾好，才能打造出温馨快乐的

① 日语中“借来的猫（借りてきた猫）”比喻人一反常态，变得特别老实，这里以猫形容阿朝。

小家。

不求奢华，但绝对要坚持自己的风格——这是我穿衣打扮的基本态度，也是装点住处的首要原则。

在青森躲避空袭时，一家人在农家的“苹果小屋”借住过一阵子。

小屋原本是用来打包、存放苹果的贮藏室，面积大概有十五张榻榻米那么大。房顶和外墙都铺着树皮，窗户只有两扇。电灯倒是有的，可能是为了方便干活到深夜的人。

这间小屋提供了手工制作家居用品，一展动手能力的绝佳条件。

我先做窗帘。现成的窗帘布当然是没有的，所以找了条白床单，用红绿两色颜料在上面画了些苹果树和苹果，好看极了。

四周的木板墙用手头的纸，比如包装纸之类贴满，挡风装饰两不误，再刷一层米白色的油漆。

接着，我请木匠师傅在紧挨着一面墙壁的地方装上一块距离地面七十厘米高的木板，从小屋这一头拉到那一头。于是两个孩子就有地方睡了。小屋正中间并排摆上两个装苹果的木箱，改造成可以从两侧取放物品的储物箱。箱子上面也能摆放各种东西，表面贴上彩纸，装饰得五颜六色的。

对我这种“三脚猫工匠”来说，苹果箱是最好用的材料。

当年我用它做过各种各样的东西，特别有意思。

再来说说椅子。把木箱倒扣在地上，铺上蓬松柔软的棉花，再盖一层布，钉上钉子固定住，最后在四周围上一圈拖地的褶边就大功告成了。虽然用的布料都是被褥衬里的棉布，颜色也以土黄色、深蓝色为主，但成品看起来还是挺优雅的。

电灯的灯罩也可以自己做。把厚纸板折成风琴样式的褶子，再用颜料上色，画些图案，最后再刷一层透明的清漆，效果就很不错。

小屋的地上原本铺着木板，但地板是直接贴着泥地的，没有架高，于是我请人打了三个比较宽的板条台子，晚上当床睡，白天就叠起来当沙发。

小屋的角落里还有专门请人挖的大号地炕[①]呢。我一直觉得大大的暖桌是老祖宗的智慧结晶，没有比一家人围坐在暖桌旁更温馨的了。

我还会往空瓶上贴彩纸，把外头摘来的山百合插进瓶子里。这么一布置，苹果小屋瞬间变成了优雅欢乐的起居室。

无论住在哪儿，我都会像这样用自己的方式“筑城”，尽可能地少花钱。

---

① 普通的日式暖桌是放在平地上用，而地炕的桌子下面是挖空的，人可以把脚放进去，坐着比较舒服。

屋里也好，屋外也罢，哪里脏了就在哪里刷点油漆。木头做的房门先刷上一层白漆，再画些花朵和小鸟上去。我的画技并不高明，画砸了权当是“超现实主义”，随便糊弄过去。

只要有油漆、清漆和布料，我就特别开心。所以那种本身就已经很好看的房子和院子，我是不太喜欢的，因为没有发挥空间了。

和式房间的拉门隔扇也是改造的对象。我会把拉门的白纸换成装饰主义风格的壁纸。这种纸一般是在水蓝色或粉色的条纹间印有小花之类的图案。榻榻米上还要铺一层地毯。换句话说，就算给我一间茅草屋顶的房子，我也要把室内改造成西式风格，否则就浑身不舒服。

碰到面积比较小的房子，就让孩子睡到壁橱的上层。道一句晚安，再拉上被改造成装饰主义风格的橱门，孩子们就能高高兴兴、舒舒服服地入睡。

用可爱的贴花给孩子们做床罩，也是当年的一大享受。

只要是带庭院的房子，就算院子小到只有一坪，我也会把它变成花园。

老房子大多是日式建筑，所以窗帘之类的配件往往不受重视。间接照明就不要指望了，屋里挂着光秃秃的电灯泡才是常态。

如今，“室内装潢”成了杂志彩页的热门主题。这种现象可能和欧美生活方式的影响有关，但我觉得，人们大概也渐渐意识到了装点居住空间是活得舒坦、过上精彩生活的关键元素。作为自己的专属“室内装潢设计师”，我现在也会时不时调整一下房间的布置。

大家都说衣、食、住是生活的重要组成部分。所幸我在这三个方面都很讲究，也很爱下厨房。

我尤其喜欢腌咸菜。米糠酱就不用说了，梅干、藠头也是每年都要腌的。

给大家介绍一下特别适合搭配面包吃的“土耳其咸菜”吧。

调一盆尝起来有一点点咸的盐水，倒两小盅醋进去，再放四五片橄榄叶。最后把随意切成小块的卷心菜腌进去就完事了。

第一次吃这种咸菜，是在土耳其人努利亚女士家里。我觉得它和面包太配了，太好吃了，就讨教了做法。除了卷心菜，我还用同样的法子腌白菜、黄瓜、西芹、胡萝卜、白萝卜等蔬菜。早上腌进去，到了傍晚就能吃（要当天吃的话，据说是不放冰箱更好），腌久一点也好吃。

有时候，我会进一步发挥创意，用紫苏果、生姜、柚子之类代替橄榄叶。这款咸菜既下饭，又能当下酒菜。在盛着烤肉、火腿的大盘子周围摆上一圈也好看，跟沙拉有点像。

我们全家都不会喝酒，可我偏偏喜欢酿果酒和梅酒。十年前酿的老酒，虽然一直喊着要喝，但是一年也就喝个一回。趁着年底阖家欢聚，往高脚杯里倒一点点，刚好没过冰块。即便是这样，一碰到水果便宜的时节，我还是会犯“酿酒病”，这是因为被它美丽的颜色吸引了。

我小时候喜爱调配彩色的水，还喜欢染色和花儿。无论活到多少岁，我好像都不知疲倦地走在童年爱好的延长线上。

我的母亲特别不擅长下厨。我甚至纳闷，要怎样才能做出那么难吃的菜来？

她长得很温柔，很有女人味，却完全不会做寻常女人做的事情。

我从来没见过她做针线活和织毛衣。而我呢，也总是跟哥哥弟弟们一起忙着钓鱼和爬树，要多淘气有多淘气。人不可貌相，这话真是没说错。

母亲当年总是一个人安静地看书，但她说出来的话也并非特别有趣。不过她陪孙辈玩的时候从不敷衍了事，总是很认真。这么想想，说不定她其实是个很有童心的人。

“阿朝做什么都懂得灵活运用呢。”母亲曾这么夸奖过我。但她也经常教训我：“财宝啊，要多放些到天上去。你就是太现实了。”

我总觉得自己是个爱做梦的人，不过这么看，也许我真的是个很现实的人。

我总是不停地走啊走，随遇而安，叫人提心吊胆。能平平顺顺活到今天，只怕是多亏了神明的庇佑和母亲的祈祷。

道不尽的“花”事

爱好广泛的父亲

下雨了！全家出动，冲到院子里，开始给父亲悉心栽培的大丽花打油纸伞。

每年夏天，我家院子里都会开出几十朵五颜六色的大丽花，朵朵都跟西式餐盘一般大。不过那是我七八岁时的事情了，也许花儿在记忆中的尺寸要比实际大上不少。

大丽花怕淋雨，据说雨水的重量会压断花茎，也可能让花朵腐烂。所以每根粗壮的花茎底部都备有一把油纸伞，以备不时之需。要是母亲先去收衣服，强势的父亲就会大吼：“先救花！”

父亲还参加过镇上的园艺比赛，看谁家的大丽花开得最大最好看，好像还得过不少奖。

花田里到处都开着大株的荷包牡丹。可爱的粉色心形小花垂在弓形的花茎上连成串，就像钓竿上挂满了小鲷鱼。

雪融化后，最先在湿地旁的土堤上绽放的是福寿草。芍药的红色小芽也会从看上去还很冰冷的黑土中探出头来，仿佛在客气地和人们打招呼。粉色的猪牙花也有惹人怜爱的美。我每天像蝴蝶一样在花丛中悠游，看多久都不腻。

我不像父亲那样喜爱大丽花、菊花这类的花。

比起开得绚烂、开得得意的花，我更倾心于悄悄绽放在角落的花朵。直到现在也是如此。

不过细细回想起来，父亲当年着实是爱好广泛。

他的祖父是旧藩的御医，他的父亲也是医生，所以他本人从仙台医学专门学校（今天的东北大学医学院）毕业后也走上了从医之路。他和鲁迅做过同学，还上过斋藤秀雄先生的父亲——英语字典编撰者斋藤秀三郎老师的英语课，这些经历一直是他骄傲的资本。

毕业后，他在父亲身边历练了两三年。后来受人所托去了北海道的泷川，开了一家诊所。当时泷川几乎是个“无医之村”。

他会拉小提琴，尺八吹得让内行人甘拜下风，谣曲唱得也好。谁家办婚礼都要请他高歌一曲《高砂》[1]。

① 《高砂》是一首谣曲，也是日本传统婚礼必唱曲目，意在祝福夫妻白头偕老。

除了这些，他还是个“粘鸟”高手。粘鸟是一种捕鸟的方法。先仔仔细细地在细长的竹竿顶端绑一块年糕。等发现目标，就像刺长枪那样迅速伸出竹竿，把鸟粘住抓起来。想当年父亲一得空，就和三两好友结伴上山粘鸟，抓些鹌鹑、松鸦、灰雀之类的鸟儿回来。

上山的前一天晚上，他还要做用来引鸟的竹笛。做法是用磨得很快的小刀切一段七八厘米长的竹竿，上端开洞，并在吹口的一侧斜斜地削掉一块，这样会更容易吹。竹笛的音色好像也很有讲究，不同的音色能召来的鸟儿也不一样。

那时候还没有法律规定什么鸟能抓，什么鸟不能抓，所以他们大概想抓什么就抓什么。

只有黄色的金丝雀是从花鸟店买的。家里总有几十个鸟笼，还记得父亲常和他的鸟友们边喝茶边聊鸟。

父亲还特别爱钓鱼。

他的钓饵箱里有好多钓钩上装着漂亮小羽毛的饵。一想到鱼要被这种东西钩上来，就觉得它们可怜。好容易生在美丽的大自然中，在河里游来游去多开心，为什么要用那种钩子去钓人家呢。不过我只是想想而已，没把这话说出口。

有一次，父亲和他的弟弟，也就是我的叔叔一起去钓鱼，却发现成群结队的鲑鱼在水里游动。兄弟俩赶忙撂下渔具，连衣服都没脱就下河徒手抓鱼，最后每人提着一条大鲑鱼回来了。回忆起当时的场景，他们异口同声地说："开心得像飞上天了一样！"大概那条河平时没有鲑鱼，能徒手抓到鱼八成也是稀罕事。然后，大伙儿就开始热热闹闹地准备鲑鱼大餐。

要是我走路时跨过钓竿，父亲就会狠狠责备道："被女人跨过的钓竿就钓不到鱼。"

到了初夏，有金鱼贩子扯着嗓子到各家各户吆喝："卖金鱼喽——金鱼要不要——"父亲总会喊小贩进来，把人家的货几乎买空，再找个跟挡雨窗差不多大的木箱当鱼缸，倒上水，放金鱼进去。当年买什么都便宜，把小贩的金鱼全买下来大概也要不了多少钱。

金鱼贩子最让人欢喜的地方，就是他会送我们好多"海灯笼"[①]当赠品，有长刀灯笼[②]、荷包灯笼……红彤彤的灯笼太好看了，一按还会发出"吱吱吱""呼呼呼"的响声。见我一整天按个不停，天黑了也不消停，大人就吓唬我说："晚上按灯笼会招蛇的。"吓得我立马停手。

直到十多年前，逛庙会时还可以买到海灯笼。有红的也有黄的，小贩会把它们装在可爱的篮子里，可最近几乎看不到

---

① 指海螺的卵囊。

② 指红螺的卵囊。

了。是不是因为大海被污染，害得它们都灭绝了？

我不是那种喜欢追忆往昔的人，只是眼睁睁看着大自然中可爱的东西离孩子们越来越远，总觉得有些失落。

父亲的台球水平也是职业级别。家里就有台球桌，来客人时大家会玩上几局。粉色、酒红色等各种颜色微妙混合的大理石台球有好几十个。可我偏偏不喜欢铺在球桌上的绿色垫子，总觉得：

“明明球的颜色那么好看，太讨厌球桌的颜色了。”

同样是绿，牛油果绿就很讨人喜欢，我总被它吸引。后来，我在美国得知英语里真的有“Billiard Green”（台球绿）这个词。

镇上没有女校，我小学毕业后就进了岩见泽的寄宿学校。从寄宿学校毕业后去了东京，上了一所音乐学校，然后结婚成家。所以我从没有把父亲当成一个“男人”或一个“人”看待过。有时我也回忆当年，琢磨他到底是个怎样的人。

我常想，别看他长得威风堂堂，做事又独断专行，说不定他胆子很小，性格软弱。这么看来，我总以为自己受母亲的影响更多，但是爱花和其他方面很有可能是得了父亲的真传。

不过我热衷养花的真正原因，应该是想让我家先生多放松放松，把他的注意力转移到花上去。毕竟他是个眼里只有小提琴和我的人。

万幸的是，只要和养花有关的事情，先生什么忙都愿意帮，好讨我的欢心。这是他除了拉琴唯一会做的事。至于凑钱啦，孩子的学业啦，还有其他生活上的琐事，就是和他完全无关的世界了。

刚结婚的时候，我买了一盆最便宜的樱草，移栽到装蜜橘的木箱里。花谢后结的籽可能有一部分落到了箱子外面，眼看着地上跟种了绿叶菜似的发了好多芽。

于是我把家里所有的花盆都搬了出来，把地上的芽移栽进去，每个盆里种两棵。原本长在木箱里的小芽也茁壮成长起来。不到半年的工夫，每个盆里都开出了比起初买的那棵更漂亮的花。

先生激动得跟“开花爷爷”[1]似的，拍着手说：

“孩子他妈，太厉害了，太厉害了。”

我还真考虑过，要不改行当花匠得了，还能补贴家用呢。

受这次成功的鼓舞，先生嚷嚷着要自己试试看。他买了一本教人种大号牵牛花的书，亲自播种，悉心打理，果真养出了硕大又漂亮的花。

我们采下还没枯萎的牵牛花，贴在相簿里，做成五颜六色的干花簿。

“都怪你没好好按住那块，瞧瞧，都破了。”

① 日本民间童话的主人公。

一边做干花，一边拌嘴。搬家收拾东西的时候，当年的老相簿被翻了出来。里头的花几乎掉光了，只有刷了糨糊的地方还粘着花瓣，花朵渗出的汁水留下的印记，让人想起当年摘下的牵牛花大到相簿都放不下。

能畅谈回忆的人已经不在了。我不忍心再看下去，“啪嗒”一声合上了相簿。我不想再去当年两个人一起去过的地方，也不想重走两个人一起走过的路。我是个薄情的女人吗？遇到会勾起回忆、会催出眼泪的东西，我只想闭上眼睛。

等有朝一日伤口愈合了，我就能保持平静了吗？

“我下辈子还要跟孩子他妈做夫妻”，孩子他爸总把这句话挂在嘴边。

“我可受够了”，我总是这么回答。听到这话，他落寞地说：“我猜也是。我懂的……”

言归正传。正如我计划的那样，先生彻底爱上了花。住北千束车站旁边的时候，他迷上了玫瑰，院子里到处都种上了玫瑰花，矮墙的拱门上也缠着爬藤蔷薇。

在站台等车的人都会被我家院子里的玫瑰迷住。

过了一阵子，朝日新闻社派了摄影师和记者上门采访，说要给院子拍照。后来，报上登了一篇题为《音乐家的院子》的文章，还配了大幅照片。

有一次先生嚷嚷着“底肥很重要”，要买十多麻袋牛粪和鸡粪回来，弄得我很不开心。人的肥料都成问题，还买花肥……

先生也火了，说：

“那就拉倒吧，全踩烂算了！”

他这人说得出做得到，所以我虽然心疼钱，却只能硬着头皮让他买。肥料功效显著，院子里果然开出了好几十朵散发着艺术气息的花。这件事让我深刻体会到了底肥的重要性。

粉色、黄色、橙色、浓到发黑的红色、杂色……花的名字也是个个好听，比如蝴蝶夫人、某某公主、某某女王……

“和平”玫瑰是爬藤蔷薇，但长得又大又壮实，开了很多花。每次有朋友来做客，我都会剪几枝送给他们。

“我都想上街卖花了，当个卖花姑娘吧。”

听我这么开玩笑，从事艺术行业的先生便会发牢骚：

“孩子他妈总是动不动就提钱……”

漫山遍野的梦幻花朵

五十年前，还住在女校宿舍的时候，我总是舍不得扔绣球花，就趁着花色最好看的时候把它们晾干，做成干花保存。我还搜集过从成片的积雪中探出头来的红褐色蓟草，插进大大的壶里摆着。

朋友数落过我：

“阿朝桌上的东西脏死了，脏死了！快扔掉吧。”

不过，最近大家都在同学会上夸我：

“阿朝做干花的手脚，那叫一个麻利！”

这也算是迟来的夸奖吧。

玫瑰的鲜切花之类，也是不到最后坚决不扔。欣赏完了，就把干透的花装进深深的玻璃瓶，按颜色分门别类，放在桌上当摆设。

洋水仙也好，紫罗兰也好，都要把好看的部分摘下来，装进瓶子里慢慢观赏。那些瓶子就是“花的垃圾桶”。我的“百花香”没有固定配方，都是按自己的路数搭配。

所有钟形的花朵都是我的最爱，无论大小。

铃兰、荷包牡丹、紫斑风铃草、石楠、薄叶荠苨、吊钟花、岩镜、岩沙参，以及所有百合科的花。当然还有波罗尼花，没有比它更好闻的了。

花的生命果然还是在于香气。

桂花的香味是寂寥的，仿佛正在暮色中对过往行人轻唤：“我在这儿，我在这儿，我就在这儿。”枝条一旦被剪下，花瓣很快就会凋落，所以我去年晃了晃树枝，拿笸箩接着，把收集起来的桂花装进保鲜盒，放进了冰箱的冷藏室。

什么时候打开盒盖，都是香味扑鼻。花瓣跟大米一样粒粒分明，亮眼的橙黄色也完美地保留了下来。

我还会捡好多樱花的花瓣回来冷冻，做成漂亮的“冰樱花”。绿色的樱花也很不错呢。

十多年前，我在夏威夷收到一个兰花做的花环。就是这个花环给了我“冷冻鲜花”的灵感。从未见过这么美的花，从未闻过这么香的味道。能不能想个办法留住它的美呢？我灵机一动，把花装进保鲜盒冻起来了。

白色、粉色和浅紫色的可爱兰花就这样被定格在了最美丽的瞬间，怎么看都不腻。一年过后，还能闻到一点点香气。

话说十多年前的一天，我和朋友走在东京文京区西片町的住宅区，第一次亲眼看到了美国花水木。我们激动得要命，按响了陌生人家的门铃说：“冒昧打扰了。实在不好意思，因为您家的花太美了……”这才问到了花名。

相传尾崎咢堂先生[①]送了几千棵日本樱花树给美国，而美国的回礼就是这种树。听说那批树里最老的一棵在日比谷公园，不过我没去看过。

---

① 尾崎行雄（1858—1954），师从福泽谕吉，日本议会政治之父。

近来，人们以扦插等方式大力繁殖这种树，所以价格便宜了不少。白色的品种仿佛翩翩起舞的菜粉蝶，酒红色的颜色也有漂亮的色泽。

看上去像花的部位其实是“花被”，四片花瓣好像十字架一样。在花刚开的时候把枝条剪下来，插进水杯之类的容器养着，它会一天天长大，一个星期就能长到原来的三倍左右。神似蝴蝶结的花可以欣赏好长时间。

按朋友们的说法，我的手指是神奇的“绿拇指”（擅长养花种草的人）。扦插也是我的一大爱好，花和树都插过不少。

花啊，还是多年生的好。种下它们，可以每年翘首期盼春天的到来。在那个季节，你既能确认花儿是不是挨过了寒冬，也能切身感受到自己又走过了一年。叶子好看又细腻，不用多打理也不会长虫的品种最让人满意。

虞美人的花瓣软得像玻璃纸一样，仿佛戴了顶帽子，却耷拉着脑袋，稍稍露出花蕊的颜色，这一点特别可爱。等到花期的尾声，眼看着花瓣快掉下来的时候，再把绽开的花朵和花蕾一起放进冰箱冷冻。

波斯菊也是我特别喜欢的花。还记得在北海道某个小车站的宿舍院子里，开满了波斯菊，美得一塌糊涂。要说哪里的波斯菊颜色最好看，答案肯定是北海道。也许是因为它和蓝天的色彩特别和谐吧。

群生在大雪山脚下的黑百合壮观极了。我听过这样一种说法：什么东西都不能乱拿，但摘花和拍照算不上罪过。[①] 百合花也的确美得让我动了坏心思，但最后还是没动手。

洋地黄我也喜欢。它能长到两米多高，开的花是白紫色的，形似吊钟。

小时候，泷川山野间总是开满了这种花。我会摘上满满一捧，说成“收割”更形象些，抱回去给朋友们一人分一点。这种“鲜花配送员”的差事可真没少干。

几年前还住在镰仓的时候，我在花店看到了令人怀念的洋地黄，便买了七八盆五颜六色的回去，种在院子的斜坡上。

到了第二年，不知为何，坡上竟开出了上千朵洋地黄，挨挨挤挤，一点缝隙都没留。

每株都有一米多高，有粉色的、白色的、浅紫色的、深紫色的、玫瑰色的、各种颜色混杂的……甚至还有没种过的颜色。真让人欣喜若狂。

我一心盼望它们下一年接着开花，谁知自那以后，院子里就再也没开出过一朵洋地黄。莫非当年做了白日梦，或是产生了幻觉？

---

① 拿、摘和拍这三个动词的日语发音相同。

太阳总会照常升起

别给孩子铺路

都说女人一辈子最幸福的时刻，就是把孩子抱在自己膝头的瞬间。

但是婴幼儿一天到晚都得有人照看，做母亲的哪有品味幸福的闲工夫。唉，要是宝贝能快点学会自己吃饭就好了……等孩子告别尿布，日子就轻松多了。熬到孩子上幼儿园，就能有点自由支配的时间……妈妈们都是这么盼过来的。

我也不例外。白天带孩子就够辛苦了，晚上还要应付他的哭闹，每天都睡不醒。要是能不被任何人打扰，舒舒服服瘫在地上睡一天，该有多好，哪怕一天也行……这个念头不知冒出来多少次了。

回过头来想想，那个时期的孩子只能依靠我这个母亲，却能每天展现出和昨天不一样的进步，我反而要感激他们。刚站起来想走开一会儿，孩子就会急忙揪住裙角，死死缠着，生怕被抛弃。

细细一算就知道，母子共同生活的时间其实很短暂。虽然不一定是每时每刻平静和睦，爱意满满，但回忆起来却都是令人怀恋的画面。人最幸福的时候，往往都是身在福中不知福。

眼看着孩子的第一个生日快到了，要开始学走路了，我会买一双可爱的小鞋子回来。每个孩子都是这样过来的。光是把玩具似的小鞋子套在小脚丫上瞧瞧，都会让他们高兴得直嚷嚷。

然后某一天，孩子迈出了他的第一步、第二步……那份喜悦与感动就不用说了。我会跑到几米开外的地方，忘我地伸出手说：

“过来，过来，到妈妈这边来！”

对孩子来说，这个瞬间是自立的第一步。凭自己的意愿和力量挑战名为“走路”的大冒险，眸子因为紧张、惊讶和兴奋闪闪发光……

那一刻的光景，我这辈子都不能忘记。父母和子女的关系就是如此，还能奢望什么呢？

虽然我在还没考虑过结婚的时候早早结了婚，又在还没想过要当妈妈的时候成了年轻的母亲，但不可思议的是，我从一开始就认定，孩子和我是两个相互独立的个体。

我觉得父母只有“养育”的职责，仅仅肩负着尽职尽责养育孩子的任务。

但孩子总归是父母的心头肉。家长难免想给孩子铺好人生的轨道。

为了让孩子走上幸福的人生路，家长们都怀着满腔的理想和希望投身于养育。这种态度本身没错，将梦想托付给孩子也不是一件坏事，但前提是父母一定要有“我是我，孩子是孩子”的自觉。

十句批评，九句憋

孩子啊，有时候会撒谎骗父母。

比如想要零花钱的时候。孩子们也知道家里经济不宽裕，要是老实交代想把钱用在哪儿，大人是绝对不会给的。怎样才能搞到钱呢？绞尽脑汁想办法，也算是成长的一个阶段。

“妈妈，要收二月的学费了。”

“咦？我还没给你吗？”

“没有呀。”

“是吗……”

家里有四个孩子，难免记不清楚给过谁又没给过谁。再加上孩子的态度那么坦荡，我一不小心就上当了。

事后发现多给了一次，也只能认栽，毕竟一没把握、二没证据，是孩子“计”高一筹。这时再追问“你是不是骗了妈妈”可不行。

我的做法是吃一堑长一智，开动脑筋，不上同样的当。当时采取的对策就是“做笔记”。

平时我经常叮嘱孩子们：

“去的路上踩到了陷阱，回来的时候就得多留个心眼，别再掉进去了。”

因为我自己会时不时栽进坑里。

过了一阵子，不知孩子是尝到了甜头，还是把大人看扁了，又故技重施。

“妈妈，给我三月的学费！”

“哟，你们学校是一个月收两次学费呀？”

我露出得意的微笑，开始装傻。孩子难为情地笑了笑，说：“暴露啦！”

即便碰到这种情况，我也绝不会说："妈妈不是给过你了吗?!"只要孩子不再犯就行了。

批评孩子的话也是尽量憋着，十次里最多说一次。

但我会认真思考：这关键的一次要说成什么样，才能让孩子理解我的心情，改正错误？要怎么说才能发挥出真正的效果？

"上次也这样！""要妈妈说几次才懂啊！"

我之所以不说这种话，是因为我有一对从来不翻旧账的父母，而且我还记得当年是多么感激他们的用心。

好比和钱有关的事，他们总会清清楚楚、一五一十地把全家的收支情况说出来。孩子们要是提出要求，大家就会凑到一起商量现在最应该把钱花在哪儿。

其他方面也是同样的道理。孩子想做什么，作为父母能妥协到什么地步，都是有商有量的。

我从没有仗着家长的权威单方面训斥过孩子，孩子们也从未跟我顶过嘴。

当年还有过这么一件事。

小儿子念二年级时，一天，一位女同学的妈妈上门来讨说法。

"你们家贵之把我女儿的毛衣丢进臭水沟里，弄得衣服上都是烂泥。"

我心想，我家的孩子还真有可能干出这种事来，赶忙鞠躬道歉，同时在心里琢磨，是应该把毛衣送去店里洗干净，还是买件一模一样的赔给人家呢?

“我这就让儿子亲自给您道歉。”

说完，我就去喊贵之了。

“你为什么要把人家的毛衣丢进臭水沟啊？”

被我这么一问，儿子回答：

“因为小A站在我后面，用毛衣罩住我的头，罩了一次又一次。我说‘你别闹了’，随手把衣服一扔，就给扔到水沟里了。”

这种事情还是很有可能发生的。不论结果如何，单看过程，还真不能都怪贵之。

于是，我又去问小A：

“贵之说的是真的吗？”

小A也回答：“嗯……”

男孩子总是什么都不跟你说，事后跟别人一打听才知道。这种情况很常见。可是了解事情的来龙去脉后，你会发现很多事情是没法批评责备的。我这么写可不是为了包庇儿子。

我有点担心对方妈妈来抗议的事会让贵之有想法，就提醒了他几句。

“小 A 一次次作弄你，肯定是因为人家喜欢你。女孩子就是这样的。”

我生怕贵之和小 A 之间产生嫌隙。

养育孩子，绝不是保证吃饱穿暖那么简单。

关键在于如何培养孩子的心。我可不想养出心灵贫瘠的大人来。只盼着孩子们能活泼开朗、无拘无束地长大，能有一颗善良的心，懂得他人的痛楚。这个原则我一直放在心上。

比如，有好吃的东西，就要跟朋友们分享。教会孩子这样的道理其实是很重要的。要是孩子收到了稀奇的玩具，或是其他难得的玩意儿，我会叮嘱他们：

“千万别自以为了不起，拿着它到处炫耀哦！要是朋友开口向你借，你舍得给，那就无所谓了。你要是不舍得借，就绝对不能带出去玩。”

要懂得设身处地考虑对方的感受，也是我平时经常提醒他们的。

我不觉得是自己养育了孩子们，反而很感激孩子和先生把我培养成了今天的模样。母亲从未训斥过我，从小就很尊重我的人格，无时无刻不在为我祈祷。我没有她那么了不起，不过孩子们肯定能认清我们夫妻俩讨人厌的地方，以及稍微有那么一点点可取的地方，并在这个基础上用心养育他们的下一代。

人最重要的东西是什么？我希望他们至少把这一点跟孩子们交代清楚。最重要的应该是“珍爱生命，怀着一颗温柔的心活下去”。

母子攻防战

在母亲看来，儿子打小就特别惹人心疼。儿子起初也会用可爱的言行举止撒娇，依恋妈妈。可是不知不觉中，他们就开始嫌父母烦了。跟他们说话都不搭理，闷不吭声，总是板着脸……有点可怕，也有点捉摸不透。妈妈们一定会迎来“儿子变得像怪物一样”的时期。

到十六七岁，儿子再也不跟妈妈提起学校和朋友的事了。

如果是女孩子，就算你看得出她有烦恼，也能猜个八九不离十。虽然担心，但只要耐心等待，女儿一定会实话实说：“我跟你说呀，妈妈，前一阵子出了这么一件事……”

男孩子就不会这样。这算“有出息”，还是算“有阳刚之气”呢？凡是过去了的事情，他们就绝口不提。不过这方面应该也是分人的吧。

即使破例花了大价钱，讨好地说，“今天做了牛排哦”，他也没有好脸色给你看。

见他笑也不笑，陷入沉思，我甚至担心起来：这孩子到底在想什么？不会是在动什么坏脑筋吧？

小儿子纪明念高中时，我知道他有写日记的习惯。“书写”既是向自己发问，又是一种自我反省，还有疏解压力的功效。我一直觉得这个习惯很好。

要是能偷偷瞧上两眼就好了……可我心想偷看别人的日记太卑鄙了，不像话，就一直克制着。但越是观察儿子每天的神情，我就越是担心，最后还是下决心偷看了。

说来也怪，我们家的两个男孩子好像都爱干净。无论是房间还是书桌周边都收拾得整整齐齐。找到日记本后，要先仔细观察周遭的情况，比如本子是放在哪本书跟哪本书之间，或是上头斜放着一把剪刀之类。记好了再把本子抽出来，看完了再轻手轻脚地归位。

负罪感肯定是有的，但我会用“家长有义务了解孩子的状态”之类的话勉强说服自己。其实日记里也没写什么大不了的内容，可担心的时候，我还是会狠下心偷看。

一天，我跟平时一样翻开孩子的日记。没想到文章最后写着一行赫然醒目的大字：

“妈妈，请不要看我的日记。我再也不写了。”

我不禁愕然，深深意识到这种行为是多么愚蠢。

第二天早上，儿子一起来，我就诚恳地道歉。

“对不起，妈妈知道错了，不会再犯了，请你原谅啊。不过当妈的是真心搞不懂男孩子到底在想什么，总是担心得要命。因为你不像小时候那样什么都跟我说了。”

儿子露出不太开心的表情，只回了我一句：

“算了。”

帮忙接一下女性朋友打来的电话，他也很反感。躲在其他房间偷听，也会被他发现。就在我纳闷“怎么没动静”的时候，孩子已经悄悄走到了我身后，冷不丁大喊一声“哇”，吓我一跳……独立的孩子和不肯放手的母亲之间，打了一场旷日持久的攻防战。

纪明上高中的时候，有一年暑假，他说想买把气枪。但我反对他玩这种东西，就没给他钱。谁知他硬是用自己攒的零花钱买了。我只能祈祷孩子千万别闯出祸来。

一个多月后，他居然主动把气枪交给我，说自己不玩了。怎么不想玩了呢？原来他朝天上“砰砰砰”开枪玩的时候，一个不认识的老婆婆和他擦肩而过。只听婆婆嘴里念念有词：

“南无阿弥陀佛，南无阿弥陀佛……”

每年暑假，我们都去胜浦租栋小房子住。纪明是个热爱大海的孩子，整个夏天都忙着跟朋友们下海潜水，用鱼叉捉鱼玩。滂沱大雨的日子也不例外。他用打工赚来的钱买了一根意大利产的鱼叉，顶端有个尖头，看着跟箭矢似的，还拿来给我看过。要是他一不小心伤到被海带挡住的海女[①]，那可怎么办？可怕的尖头在脑海中挥之不去，让我担心不已。

但即便我反对也没有用。再说，要是因为危险就不许他干这干那，孩子反而会产生逆反心理，偏要做给你看。所以到头来，我也没说“别玩了”，一直忍耐着。

抽烟喝酒，骑摩托车……孩子做过各种让我担忧到心碎的事情。

小儿子是在我四十七岁那年出生的。我觉得，周围都是大人的环境可能不利于他的成长，所以从初中开始，我便送他去了寄宿学校。

在全是男生的寄宿学校，学长的命令是至高无上的。要是学长半夜里下令：“喂，给我买个烧卖来！”“喂，去给我买包烟！”即使学校禁止学生半夜外出，学弟也不敢反抗。就算爬窗的时候被逮住，被老师盘问：“你刚才去哪儿了？”“是谁让你出去的？”也是打死都不能说真话。当年我常常被“请”去

① 不带辅助呼吸装置、只身潜入海底捕捞龙虾、扇贝、鲍鱼、海螺等海产品的女性。

学校接受批评，却从来没用“妈妈的脸都被你丢光了”、“你为什么净干坏事”这种话数落过孩子。

很多家长开口闭口就是“我家孩子绝对不会做坏事的”，我却没有过这样的想法，反而觉得：“有我这样的妈，孩子不闯祸才怪了。”

有一次，孩子们在宿舍附近的小山上偷偷挖了横洞。洞里有八张榻榻米那么大。大家把捡来的木板铺在地上，从学校的仓库拿了些可乐、巧克力之类的吃食，把小洞弄成了粮草库。齐心协力干坏事当然要不得，但是换个角度看，“自己挖坑造基地”也算是冒险心、好奇心的体现。

养育子女，就得被折磨到全身的骨肉支离破碎的地步，否则算不上独当一面的家长。

当年有个教育家发表了这样的言论。我心想，那我是不是多受点苦才行？养育子女也太艰难了吧！

其实不仅限于养育子女，我一贯认为努力克服困难与失败，化挫折为力量，勇敢前行才是最重要的。没有失败，就不会有成功。

孩子的独立离不开自由、解放和好奇心。但“任性随意、为所欲为”不能和“自由自在、解放天性、满足好奇心”画等号。

自由的限度在哪里？如何在不让自己受伤、不让父母担心、不给别人添麻烦的前提下实现最大的自由，过上满足充实的生活？这都是孩子必须自己思考的问题。

为了获得自由，我们也必须忍受各种各样的不自由。

我一直觉得，父母不应该期盼孩子有这样那样的成就，或是成为什么伟人。当孩子有了自己的目标，父母就适时帮一把，听他倾诉烦恼，然后就只能祝福他了。

现在，我的儿子们都有了幸福的小家庭，成了两个孩子的爸爸，也很孝敬我。

人生嘛，总是有风雨也有彩虹。太阳总会照常升起。虽然一路走来也遇到了许多不顺心的事，但我已经统统忘光啦。

朋友是个宝

人生何处不相逢

孩子他爸走过了和普通人截然不同的一生。不过，这应该和他是个小提琴手没有太大关系。

早上听唱片，自己也练练琴。时间有富余，就用老鞣皮或法兰绒碎布轻轻地擦琴。

有时，他还会把琴竖起来，左手托着琴颈，目不转睛地端详。眼里充满欢喜的爱意。在不能弄出声响的半夜，他也总是这么盯着琴看。

刚开始教儿子练琴的时候，他动不动就说：

“朋友派不上一点用场，交朋友就是浪费时间。等你上了台，就没人能帮你了，认识总统的儿子、富豪的儿子也没用。

磨炼自己的本事是你唯一的出路。搞合奏的时候，人家也不会单单因为关系好就拉你入伙。所以你得好好学，有时间就去听高水平的音乐会和好唱片。要是你耐不住寂寞，那还是别走这条路了。”

孩子他爸没有交心的朋友，也没有像样的兴趣爱好，酒也不喝，时不时抽上两口烟斗是为数不多的享乐了。但他的身影中并没有孤独寂寞之类，眼里只有小提琴，视地位、荣誉和金钱为粪土。其实，这种生活态度真的很了不起，这份专注的确值得尊敬。

但生活中不可避免的琐事，还有各种烦心的问题，就别指望找他商量了。他不是那种会帮忙想办法的人。

家里没米了，缺钱了，他只会撂下一句：“不吃不就行了吗。”然后就没下文了。他不会提笔写一封信，也不会帮忙接一个电话。

孩子表现好的时候，他会说：“我的孩子嘛，随我！”不乖的时候，他就立马改口：“都随了孩子他妈，都怪你没教育好。”翻脸比翻书还快。他这一辈子就没搀和过俗世的烦扰。

而我呢，和孩子他爸形成了鲜明的对比，朋友多得数也数不清。我总能得到朋友的帮助。如果朋友有需要，我也会积极主动地伸出援助之手。

我小时候是爬树高手，当时大家都喊我“小朝”；女校的朋友叫我“朝子”；四十多岁时交的朋友叫我“阿蝶”[①]，背地里还管我叫过“蝴蝶夫人”。

去外国演讲认识的朋友叫我“阿朝”。住在外国的朋友们直接喊“朝”。不知为何，有位住在美国的亲密友人的孩子管我叫“安娜”，于是朋友们也开始用“安娜”称呼我了。

通过孩子们结交的家长朋友叫我“黑柳太太”。

在路边偶遇几十年不见的老友时，我也能根据对方的叫法立刻判断出是什么时候交的朋友。

儿子们当年活泼淘气，把该闯的祸都闯了一遍。拜他们所赐，我经常被请去学校挨批评。久而久之，我和难兄难弟的家长发展出了友谊。而且这种友谊特别有血有肉，特别真诚。

我的交友之道是，别总想着把自己伪装得比实际好。别撒谎也别隐瞒，要真心诚意跟人家打交道。喜好这个东西因人而异，每个人有不同的感觉。真心相待却得不到理解的情况总归是有的，这也是没办法的事情。

我这人看起来爱交际，有点八面玲珑，其实也有非常顽固的一面。

但我知道自己有多傻，所以从不嘲笑或责怪别人的失败，

① 日语中“蝶”和“朝”的发音相同。

甚至还会产生亲近感，心生好感。

“你这人生出来是什么样，现在就是什么样。”

有人如此批评我，我却把这话当称赞。

《圣经》里也写着，“我们向你们吹笛，你们不跳舞；我们向你们举哀，你们不捶胸”[①]。而我一直都是全身心投入，跳得格外起劲。也许这就是我的行事风格，就是我的天性。

靠友情买下的房子

上音乐学校的时候，我跟一位同学特别要好。她踏实稳重，后来也建立了幸福的小家。

她女儿的夫家院子特别大，女婿人也很好。这位老同学告诉我，女儿女婿总说，“别租房住了，干脆在我们家院子里建一栋房子，住在一起也有个照应”，但是“家里没钱，哪里建得了房子”。于是我说：“换作是我，只要有地，我宁可借债也要把房子建起来。”

为了她，我豁出去了！不管三七二十一，先试试看。

我先向几个朋友借了点钱，告诉他们“这是为朋友借的”，

① 出自《马太福音》，比喻把一切都准备好了，却没有人响应。

总共凑了一百五十万日元左右。然后以这笔钱为担保，找认识的银行分行长借了更多的钱。担保人当然就是我自己。

那都是三十多年前的事情了，手里有三百万就能建房子。

后来，她如愿建了一栋漂亮的房子，招呼我们去做客。对我来说，帮这点忙根本不算什么。朋友们都信得过我，愿意解囊相助，所以也不会产生纠纷，大家都开心。

不过我跟孩子他爸参观完新房子，在回家路上不禁感叹："我们什么时候能拥有自己的房子呀？连地都没着落，怕是没希望啦……"可能有一点点垂头丧气，觉得这辈子大概只有租房住的命了。

在那之后的十多年里，我们依然过着租房的生活。有一次，平时很少生病的我因为感冒卧床休养了四五天。养到身体好些了，报纸上的文章也都看完了，就只能看房屋出租买卖专栏打发时间。

看着看着，竟发现一处待售的宅子离我们家只有三百来米。介绍说客厅有十张榻榻米那么大。我心想，反正离得近，不如去看看好了，权当是散心。于是抱着"看着玩"的心态打了电话。

认死理的孩子他爸说："没钱还看房，多不好啊。"但阳春三月的好天气，促使我们跟着房产公司的职员走出了家门。

只见那房子周围砌着高高的石墙，梅树枝条探出墙头，上面挂满了红白两色的花朵。四周的空气里也洋溢着馥郁的芬芳。

那是一栋纯日式双层住宅，上上下下都是用扁柏搭建的，房间总共有十七八个，非常宽敞。

与房产公司的人分别后，孩子他爸和我就像刚演完蹩脚的猴戏似的，你看看我，我看看你，不禁笑了出来。

售价是一千五百万左右，这在当时已经算很便宜了。那阵子家里正好有位亲戚花三千万购置了房产，院子却不到五十坪，房子本身的规模也只有家附近那栋的三分之一。毕竟人家的占地面积有一百五十多坪。

后来，我趁着孩子他爸出门工作的工夫，自己又跑过去看了看。那房子里不会发生过什么可怕的案件吧？我去附近的酒铺、面馆旁敲侧击地打听了一下，还查看了架高的套廊底下，生怕那漆黑的地方埋了死人、死狗，总之调查得特别起劲。不知是不是因为我内心深处有想买的念头？

就在这时，我忽然想起一件事。去年正月里，我跟朋友一起请算命先生看了看今年到明年的运势。算命先生说：“到了明年三月或四月，你就会有一栋很不错的双层宅子了。”

回家后，我便跟孩子他爸提起了这茬儿。“这也太夸张了……”“可不是嘛，我也这么觉得。”我们当时还有过这样的对话。

算命先生说的是不是这套房子呢？我的心“咯噔”一跳。这是惊喜的心跳。

第二天，卖主上门来了。他仪表堂堂，和房子相称极了，对我这种小人物也客客气气。

“要是您能把房子买下来，那就再好不过了。三个多月前，我因为工作调动搬去了大阪，可这边的房子还没卖掉，只能请阿姨每天上门打扫房间和院子。昨天我找房产公司的人了解了一下，钱不是问题，您尽管放心，快些搬过来吧！手头有多少就先给多少，剩下的等凑到了再慢慢付。

“那房子是我十五年前买的，当时花了一千一百万。只要您把房产公司的佣金出了就行，我按原价卖给您。这样我也不用交税了。”

人家都说到这个份上了，谁能不动心呢。我们居然有希望成为那栋房子的主人！虽然卖主客气，说“手头有多少就先给多少”，可家里一分钱也没有。于是我开始发挥“芝麻开门”的精神。

朋友是我仅有的财产。我先打电话找小 A 商量了一下。对方表示：

“我也帮不上什么大忙，好在家里有七十万的闲钱，你要是不嫌弃，我是很乐意借的，这就给你汇过去。”

对了！现在租的这套房子不还有一百万左右的押金嘛！一百万是怎么来的呢？入住时交了三十万。合同是两年一续，每次续约也交了二十来万。只要跟房东解释一下，就算还没搬走，人家说不定也愿意把钱提前退给我们。无论结果如何，总归先搏一把。

其实房东也在同一屋檐下，只是我们住二楼，平时各走各的楼梯。于是我拜访了住在一楼的房东。

我很诚恳地说，附近有一栋不错的房子在找买家，正好被我们碰上了，就想买下来。虽然人还没搬走，但能不能请您行个方便，先把押金退给我们？

房东是个一根筋的学究，说难听点是性格固执。有时候，我在楼上都能听见他的吼声，不难想象他的脾气一定很暴躁，怕是不太好相处。我紧张得浑身僵硬，却还是硬着头皮，照实交代了卖家的情况和我们的经济状况。谁知房东听完后是这么回答的：

“好。其实我每月收你们房租也有些于心不忍。别说是一百万了，你们还缺多少，我就借多少，剩下的一千万都从我这儿借也行。放心，我明天就让银行的人把钱送过去。”

实在是难以置信！我知道房东节俭，日子过得朴素，平日里就感叹“难怪人家能攒下钱来造房子出租”。这样一个人，竟然愿意借一千万给我们。天哪，多么让人惊叹！

恭敬不如从命，我真的向房东借了三百万。这下还差五百多万。接着我又向朋友 B 和 C 分别借了一百万，姑且先付完这七百万。到了第十天，大伙儿就搬进了新家。没过多久，因为好几年脱不了手、让我们头疼不已的那块伊豆的地皮也找到了下家，卖了四百五十万。债也依次还上了。

太子堂的房子就是这么来的。我们住过的房子就属它最大。

调音与谈心

我觉得交朋友最重要的是“做此时此刻对方最希望你做的事情”。然后要真诚，别撒谎，别计较鸡毛蒜皮的小事。

就算有些话是真的出自恶意，我也不耿耿于怀，而是会暗示自己：“我就这点境界，人家会这么看我也是理所当然。”这么多年来，我一直真心对待众多的朋友，和他们每一个人用心来往。分享欢乐，分担悲伤，怀着爱意和大家打交道。

虽然我现在不会和朋友们一一通信或通电话，但每次回想起朋友的模样，心头都是暖洋洋的，倍感怀念。

对我来说，朋友在精神层面也是无可比拟的财富。所以我会把孩子的朋友当成自己的孩子那样疼爱。

纪明以前念的是桐朋学园大学的音乐部[①]，班里有不少外地的孩子。一到双休日，就会有很多同学来我们家过夜，少则两三个，多则七八个。我一点也不觉得招待他们是负担，总是干劲十足地张罗饭菜。在用最少的钱做好吃的东西这方面，我还是很有心得的。大家都吃得饱饱的，直说有妈妈的味道。

那会儿我们住的是太子堂的房子。反正家里足够大，同学们来了也不会撞见孩子他爸。有一次，大家正热热闹闹地吃饭，孩子他爸进来瞥了一眼，皱起眉头挖苦道："我们家又不是集体宿舍。"

但是一听见四面八方的房间传出小提琴声，他便兴奋地说："就跟音乐学校一样！"无论同学们住几天，他都不再啰唆了。

小儿子上学的时候也是如此，有好几个同学放暑假了都不回老家，一直住在我们这儿。

二战前，我先生辞去首席小提琴手的工作后成立了"东京四重奏乐团"，每个月去 NHK 表演，还开过演奏会。团员们几乎每天都要来我们家排练三四个小时，所以中午做一大桌饭

---

① 桐朋学园大学是著名的私立音乐大学。

菜，晚上又做一大桌的日子持续了四五年。

比起先生，我和团员们的交流反而更有人情味。他只管调音，而我一直是谈心。这才是让乐团长久的关键吧。

大家都特别期待、特别享受在我家用餐的时光。先生大概也是有些过意不去，每到开饭的时间，都会笨手笨脚地帮忙端菜。

他平时特别爱吃醋，但看到我跟团员谈心，或是跟大家走得近些，他却没有挖苦刁难。大概是为了把曲子演奏好，这点小事就不计较了。

我总觉得这个人也好，那个人也棒，自己的事都管不好，只知道为朋友两肋插刀。见我这副样子，先生总要发牢骚：“再这么下去，你们就要同归于尽喽！”还要笑话我：“要是真像你说的那样，大家都是好人，那人间跟天堂也没什么区别了。”

无论对孩子还是朋友，都要竭尽全力去爱——与其说这是我的哲学，倒不如说我只能这么待人处事。

第七章

邂逅奇迹与幸福的旅程

变不可能为可能的医生

“阿朝，你是不是觉得美国比日本更对你的胃口呀？”

有人这么问过我，说是看我在美国四处跑，比在日本的时候更加自由自在，一副很享受的样子。其实秘密很简单……

因为在纽约、洛杉矶、费城、多伦多和另外几个地方有我很要好的朋友。他们会安排好充实的日程，又是演讲，又是聚会，等着我过去，我只是照办罢了。

尤其是住在纽约的广濑医生。他是我的远房亲戚，富子夫人的头脑特别清楚，总能提前把所有的事情打点好。我的奇迹有一半要归功于她。

广濑医生是举世闻名的心外科权威，冠动脉搭桥手术就不用说了，他还是全世界第一个成功完成“心脏无血手术”的人。大家都说他是“变不可能为可能的外科医生”。

此外他还是全世界第一个用狗做实验证明“吸烟会诱发肺癌”的人。在登上《世界绅士录》的日本人里，除了天皇陛下和诺贝尔奖得主，就只有广濑医生和为数不多的几位大人物了。从这一点也能看出他的功绩有多么伟大。

在日本，曾发生过某教信徒因拒绝输血不能做手术，最后死亡的事件，也成了一个社会问题。据说这个组织在美国有一百五十万信徒。为什么不肯输血呢？因为他们的信条是，一旦接受输血，就无法在未来的王国重生，那还不如选择死亡。要是医院擅自给这样的病人输血，病人事后打官司，医院肯定要输，所以大部分医疗机构都拒绝收治这种信徒，引发了许多问题。

来自全美各地，甚至是外国的病人都纷纷来投靠这位无血手术的创始人。

五年前我做了一场肠道手术，在麻醉期间做了一个不可思议的美梦。我在广濑医生家里讲述了梦中的场景。

巴赫的《托卡塔与赋格》突然响起，震耳欲聋。罗马的遗迹、佛罗伦萨的街景、丝绸之路的沙丘……世界各国的美景像全景立体画一样接连出现在眼前。

施韦泽博士[①]、小泽征尔、广中平祐、野口勇……伟人们就

① 阿尔贝特·施韦泽（1875—1965），德国哲学家、神学家、医生、管风琴演奏家、社会活动家、人道主义者，1952 年诺贝尔和平奖得主。

在这样的背景下毫无脉络地出现。有些是我见过的，有些没见过，但都是留下了杰出业绩的人。我平日很崇拜他们，于是梦到了吧。

我把手术台上的“伊甸园”描述给医生听，还说：

“听说野口勇先生就住在纽约，有没有什么法子见到他呢？”

富子夫人立马接话：

“他是个大忙人，我也不确定他这会儿在不在纽约……”

她当场帮我打电话去问，然后告诉我：

“他昨天刚回来，只有今明两天在，后天又要启程去夏威夷了，只有明天下午空着，你尽管去。”

第二天，我就在富子夫人的陪同下一起拜访了位于东河岸边的野口家。那是一栋称得上“野口博物馆”的宅子。

与他握过手之后，在看到他眼睛的那一刹，我就感觉他跟歌德一样，是会爱上十八岁少女的人。

野口先生说，他打算真的把这里改造成美术馆。宽敞的工作室就不用说了，客厅和院子里也摆满了他的前卫雕塑。雕塑们仿佛斯特拉迪瓦里小提琴演奏的音符，编织出了绝妙的和弦。

他为我们讲解用大理石、金属、石块、纸张、竹子等材料制作的众多作品，我们还在作品旁边拍了许多纪念照。

多亏广濑夫妇和野口先生同属美国上流社会，交情很深，又肯为了我当机立断，没有这位名医出力，我哪能有这样的荣幸。要不是他分给了我一些力量，我就不可能实现愿望了。

医生夫人从早到晚跟病人打交道，到最后好像会发展成两个极端，不是变得公事公办，就是变得格外热心。

富子夫人英语流利，温厚的人品更能给人如沐春风的感觉。她对每位病人都非常好，能娶到这样一位好夫人，广濑医生真是好福气。

有一次，我正在医生家吃晚餐。突然，家里来了一位病人。饭菜正好快吃完了，完全可以等用餐结束再去，但他还是立刻起身离席。

这个病人是位日本青年。他遇到了车祸，从鼻尖到脸颊两侧的肉都裂开了，被送到急救医院时浑身是血。可是左等右等也没人管他，他就自己打车顽强地找了过来。

据说他正准备回日本找媳妇。医生觉得他伤得太严重，要是不整容，就会留下很明显的伤疤，就顺手把整容医生的差事也干了，才让青年回家去。

完成了这么艰巨的工作后，医生返回餐桌，带着和先前一样的表情继续用餐。

我一听到青年的遭遇就没了食欲，心都痛了。

大概因为人家是搞心外科的，所以看到一张满是血的面孔也不会慌张吧。有时候，他一天要连着做三四台大手术。

无论病人到头来是死是活，医生都会竭尽全力，治疗到最后一刻。要是学校的老师也能对学生们倾注同样的努力就好了。

在环境明显不同于日本的广濑家小住时，我总会不自觉地思考各种各样的问题。

对了，广濑家的日式房间套廊下面，住着一对貉子夫妻。

记得有一次，我远眺院子里的池塘，却看见两只大块头的动物正撅着屁股大口大口地吃金鱼。我吓坏了，连忙冲去给广濑夫妇通风报信，高喊着：“不好啦！不好啦！”

他们却一点都不惊讶。

“池里的金鱼总会被他（它）俩吃光。”

金鱼的骨头被“规规矩矩”地放在石头上。

居然有貉子悠然自得地住在纽约的住宅区，我又吃了一惊。后来我听说，有一次大马路上一下子冒出了几十只貉子，惹得行人驻足围观，连行驶的车都停了。这是我第三次大吃一惊。

巧合不停歇的神奇的一天

高柳家也是我在纽约经常小住的地方。有一回，我和佳枝夫人一起去超市采购。

我们推着装满果汁、牛奶、水果、蔬菜、鸡肉和牛肉的购物车往回走，没想到天上突然阴云密布。超市离家大概有十五个街区。

就在这时，碰巧开车路过的水果店大叔伸出头来说道：

“这么多东西，反正这会儿店里没事，我开车送你们回去吧！”

他麻利地把成堆的东西塞进后备厢，又把购物车折好摆在我们膝头。

佳枝夫人时不时去他店里买东西，再请他送货上门，所以两人原本就认识，但那天我们在别家买了蜜瓜、樱桃等，而大叔的店里也有这些东西卖。我们解释了几句，大叔却一点都不介意，爽快地发车了。他说：“下次来我店里买就行了。”五分钟后，我们到家了，天空已经下起倾盆大雨，雷打得轰轰作响。不响才怪，附近有栋独门独院的房子被雷劈到了。两三天后，我们去看了一眼，吓得汗毛都竖了起来。

我不由得感叹，能在这种千钧一发的时刻得到奇迹般的庇佑，真是太幸福了。

从超市平安归来后，我接到了广濑家打来的电话。没聊几句，广濑家的另外一部电话就响了。“你等等啊！”说着，富子夫人放下我这边的听筒，去接另一个电话。我分明听见她说：

“我正巧在跟你妈妈打电话呢……是呀，你等等哦！”

她再次拿起我这边的话筒说：

“是彻子打来的。她从非洲到纽约来了，一切都好，正好要在这里做些工作。”

“是吗？那你帮我告诉她，‘我也好着呢，正准备去多伦多，你要多保重哦’。”

富子夫人左手一个电话，右手一个电话。我们三个就这样聊了好久。

这么巧的事，刻意策划都不一定能成，实在难得。

那一天的“奇迹”还没结束呢。

后来，我的朋友相川夫人来了，我们就坐她的车去了购物中心。她跟我是北海道的老乡，娘家也是开医院的。几年前通过高柳家认识之后，我们很快成了好朋友。她跟我女儿差不多大，先生是在大学研究所工作的医生。

佳枝夫人去眼镜店办事时，我们就在车里聊天。

“我想在纽约找一个叫彼得·格里尔的人，也不知该问谁才好。他的父亲是美国人，在日本做过音乐评论家，母亲以前是修复西方名画的画家。多伦多的小三原来住在轻井泽的时候经常跟他一起打网球，在纽约那会儿，两个人也经常来往，可是这几年一直联系不上，他才托我打听打听。

“打仗前，我还带着彻子去过他在祐天寺的家玩过。但茫茫人海，要怎么找呀……彼得·格里尔也不是什么稀罕的名字。”

听到这儿，相川夫人瞪大眼睛说：

“咦？这不是我七岁女儿的小提琴老师的先生嘛！我也受了他不少照顾。咱们这就回去打电话吧。”

佳枝夫人也吃了一惊。

“天哪，怎么会有这么美妙的巧合！”

于是我就这样联系上了彼得·格里尔先生，聊了许多教人怀念的往事。他说他父亲后来一直住在东京。我们交流了家人的近况，心里满满的都是怀念。人与人之间的缘分太不可思议了，真是万万没想到。

之后，我跟佳枝夫人讨论起了晚餐的菜式。

“日本的茄子还是得找个头小的，直接烤着吃最棒。”

“好吃是好吃，就是皮难剥。要时不时把手浸到冷水里。”

“在刚出炉的时候撒点生姜和木鱼花吃，那就太妙了。美国的蔬菜个头都太大了。”

我们正聊着，门铃响了。

只见富子夫人捧着二十几个“个头小的日本茄子”站在门口。

“有个叔叔送了点自家种的茄子，大家分着吃吧。”

“是嘛！来得正好！”

心有灵犀的巧合让我们开心得哈哈大笑。大家都说，这一天就像是被仙女施了魔法似的。

朋友馈赠的爱称

两三天后，我去了加拿大的多伦多。每次过去，我都要去小三家做客。他是我的好朋友——画家小米的次子，在加拿大最大的电视台当了十年制作人，后来成了一位表现活跃的插画家。

小三的伯父是牧师。大家都说他工作的教堂是美洲地区最庄严美丽的建筑。我这样的小人物也有幸受邀去那里演讲了。到场的日裔居民都非常信赖、尊敬村田牧师。我也沾了他的光，享受了十分热情的欢迎。

牧师的儿子在温哥华当牧师，诚邀我明年去他那边。我的活动范围就是像这样一点点扩大的。这可不是因为我有多厉害的本事。

一个多星期后，演讲和其他工作全部完成了，我决定进城随便逛逛，买点东西。

逛着逛着，零星小雨越下越大。于是我冲进了一家以前去过的日式餐厅。

一位大约四十岁的日本女子端来茶水，开口问道：

“您是黑柳女士吧？来这边旅游吗？”

我大吃一惊。对方接着说：

“家母特意从日本给我寄来了您的书。书里有照片，所以我知道您长什么样子。您一进门，我就认出来了。”

听到这儿，我也高兴极了。反正外面下着雨，也没有别的客人来，我们就聊了一会儿。

没想到这一聊，又聊出了奇迹。

“您先生是小提琴家，对吧？我的孩子也是从小就学小提琴，来多伦多以后也没放下。”

“是嘛，小提琴可不好学，能坚持下来不容易。您一定是找到了好老师。”

“嗯，她水平很高，人也好。”

“老师多大年纪呀？”

“四十多岁吧，是日本来的女老师。”

“那可以用日语交流，挺好的。老师是在哪里学的琴啊？”

“据说是桐朋毕业的。”

“咦，那我说不定还认识她。她跟我儿子差不多大。桐朋一放暑假，整个乐团会一起去轻井泽，住在斋藤秀雄老师的别墅里集训。妈妈们会轮流过去给孩子们做饭什么的，所以无论哪个年级，大家都认识。您家的小提琴老师叫什么名字？”

“小野冈麻里。”

“啊，原来麻里就住这儿！”

想当年，麻里还经常找我先生学琴，太让人怀念了。

我立刻给她打了电话。原来她已经是三个孩子的妈妈，老大都上大学了。

麻里说：“我一定要见见您！这就来我家吧！”

“我今天下午要回费城了。话说跟你最要好的夕美就在费城的柯蒂斯音乐学院教小提琴。”

我给了她夕美的电话，相约明年过来的时候，三个人一起聚一聚。

麻里和夕美一直在相互打听对方的消息。得知两家住得这么近，她们一定高兴坏了，也会聊很多少女时代的回忆吧。

这种事也许算不上奇迹，但对我而言，这是跟奇迹没什么两样的大喜事。

彻子在纽约请著名摄影师拍了很好看的照片，我一直有点羡慕。小三有很多摄影师朋友，我就半开玩笑地问：

“有没有人能把我这样的老太婆拍成大美女啊？”

小三一口答应：

“哎，我正好有个很会拍照的朋友，还给加拿大首相拍过照，手艺绝对有保障！”

他当场帮我打电话问了。

“他平时很忙，不过您运气不错，明天就去摄影棚吧。他让您穿便装去哦。”

事情一下子就说定了，太棒啦。

第二天，我拜访了约翰·施特凡的工作室。这位天才摄影师四十多岁，胖胖的，留着胡子。

“我是摄影师约翰。”

“我叫朝。”

我们做了一番自我介绍。他不傲慢自大，也不装模作样，相处下来特别舒服。他看了看我，然后笑眯眯地带我去了摄影棚的角落。

我心里没底，但转念一想，这个时候犯愁可不行，因为心情会体现在脸上。

他挑了个两边都是墙的夹角，问：

“这里怎么样？”

有墙可以靠，我也很喜欢这种有安全感的地方。

他看了看相机的取景器，说："嗯，不错，很好看。"

这么说是为了帮我放松心情。

"摆几个你喜欢的姿势试试看？"

他边说边咔嚓咔嚓按快门，我不是女演员，也没有这方面的经验，所以有点放不开。可是这么幸运的机会多难得，不能浪费。于是我尽可能表现出开心的样子。

"说个'shit'试试？"

他这么建议我。我就用日语说："便便。"说完就笑了。

"把眼镜摘下来看看？"

"不行，我的眼睛没有神。"

"这样啊，那太遗憾了。把双手放在头上试试？"

咔嚓咔嚓。

"很有魅力！我今晚可以去找你玩吗？"

"好呀，没问题。"

"OK！"

他一边陪我聊天，一边拍了五十多张。

"你是后天几点的飞机回国呀？去机场的路上过来拿吧。我会熬夜加班赶出来的。"

我问他，要给多少摄影费：

"别客气，尽管开吧。"

他却满不在乎地拍拍我的肩膀，说：

“放心吧，我一分钱不要。哪天要用这些照片了，就把我的签名印上去吧。”

说着，他给我递了张印着签名的纸。

长年的夙愿终于实现，我太满足了。一回到日本，我就把他给的底片拿去冲印。

拍照时聊的内容有点开放不羁，这种感觉也原原本本地体现在了照片里。真是拍了一套与年龄不相符的富有魅力的写真。

都说写真印出的是真相，但这件事告诉我，一流摄影师可以像变戏法一样，改变照片呈现来的东西。所有的艺术大概都是这样吧。

那么问题来了，该送什么礼物感谢人家呢？我烦恼了好久，最后决定送他一件我引以为傲的“温暖牌”毛衣。

在毛线店里，我回忆起他的风貌，用心挑选材料。人家到底是艺术家，对颜色、触感之类肯定很敏感。

我挑中了一款英国产的毛线，线略粗，焦褐色里带一点点橙色、绿色、酒红色等色彩。

可是尺寸能不能估准，我心里就没底了。

我们在分别时拥吻过，所以我知道他相当胖，块头很大，但是……

如果当时想到送毛衣的主意，就能趁着搂住他后背的时候量一下肩宽了，可惜错过了机会。

我用航空件寄出了毛衣和信，十多天就到了。后来，他写来了满是欣喜与感谢的回信。信很长很长，简直像情书似的。

信里是这么写的：

“毛衣的颜色，我特别喜欢。尺码也刚刚好。你就像多年的老朋友一样，送了一件格外适合我的礼物。”

用绿色墨水写的信优雅考究，不愧是出自艺术家的手笔，我都看出神了。

在信的最后，他还写了这么一句暖心的话：

“大家都叫你‘朝’或‘安娜’，但我决定叫你‘朝安娜’，就这么说定了。”

于是我又多了一个新名字。

我也真是的，一把年纪了，被人喊一声“朝安娜”就如此高兴，看来我的心态还很年轻嘛。

两个灰姑娘的故事

昌子女士是我的好朋友。我一直称呼她先生为菲尔先生——其实人家明明姓菲尔逊。[①] 他们住在洛杉矶的海滨城市威尼斯。

菲尔先生家门口有一条很宽阔的路，往北走是圣莫尼卡，往南去则是玛丽安德尔湾，那里有高档住宅区和游艇码头。道路两旁种着高大繁茂的椰子树，很多年轻人踩着轮滑鞋表演杂技。

路两旁的草坪也是年轻人的“圣地”。有拉小提琴的，有边走边拉风琴的，还有演唱民谣的组合……不知不觉中，跳西班牙舞蹈的女人和拉风琴的男人开始一起跳舞。美国的自由自在就体现在这样的风景中。

---

① 日语中“菲尔逊”的“逊”字与“先生”的发音相似。

从菲尔先生家二楼的客厅望出去，能看见在灿烂的阳光下闪耀的蔚蓝大海。悦耳的杂音声声入耳。

如今的昌子既是富太太又是插画家，别提有多幸福了。但在十七岁那年，医生诊断出她有严重的心脏病，这样的情况是没法结婚的。

她原本是证券公司的白领，到了婚龄却嫁不出去，难免要遭人冷眼，被贴上“剩女”的标签。她受不了这样的日子，就在二十五岁那年辞职，带着离职金远渡美国。

昌子文笔好，拍照也拍得不错，当过某女性周刊杂志的海外特派员。不过她还有花道的教师资格证，也是真的爱花如命，便在威尼斯海岸边开了一家花店。虽然花店的生意入不敷出，但它成了昌子和菲尔先生的红娘。人的命运真是无法预料，说不定跨出去一步就是天堂。

她每天被美丽的花儿环绕，过得自由自在，什么时候离开人世都无所谓。只是花店着实是个不好做的生意，听说她那段时间经常为月末付不出钱独自掉眼泪，琢磨着要不干脆把店关掉，回日本算了。

花店附近有一家生意红火的汉堡店，店主是丽莎夫妇。常有著名女星、律师、大学教授和有钱的知识分子开着劳斯莱斯这样的豪车来吃汉堡。渐渐地，大家也跟昌子熟悉起来。在她一筹莫展之际，大家就一口气订上三五百美元的花，支持店里的生意，不知不觉形成了一个“为顽强生活、努力工作的昌子加油”的小团体。

犹太富豪菲尔先生就在这群人里。

菲尔先生经营着一家销售窗帘、百叶窗、地毯等室内家居用品的公司，工厂遍及世界各地。他也是某个世界级财阀的一员。据说在保护流亡者等方面，政府出的力量还不如这个康采恩[①]多，都是靠它的捐款维持的。

有一次，大家约好去墨西哥找超大号墨西哥欧泊（这当然是开玩笑的）。原计划是一起坐大型面包车去，但昌子心脏不好，受不了那么长时间的颠簸，便说：“那我就不去了。”菲尔先生贴心地提议：“那我开飞机带你去吧。”昌子接受了他的好意，说好到时候在墨西哥的酒店和大部队会合。

谁知昌子一到会合地点，就心脏病发作倒下了，不得不戴着吸氧设备回到洛杉矶，立刻住院手术。

据说她当年总是备着一千美金用来办后事，可这点钱怕是连手术费的零头都不够。好在菲尔先生负担了全部的费用。名医操刀的手术圆满成功。十天后，她顺利出院，还接受了菲尔

① 源于德语 Konzern，意为多种企业集团，是一种规模庞大而复杂的资本主义垄断组织形式。

先生的好意，住进他家静养。菲尔先生已经离婚很久了，一直是一个人住。

没过多久，菲尔先生就向她求婚了，两人喜结连理。订婚之后，菲尔先生等到她的身体状况可以出门了，才带她去珠宝店买婚戒。

“随便挑，看中哪个就买哪个。”

虽然菲尔先生这么说，但昌子还是挑了店里最便宜的戒指，只要一百美元。

菲尔先生还是摄影师，在音乐、绘画等方面也有颇深的造诣，人品特别好，外表也是十足的俊朗绅士……这就是现代版的“灰姑娘”啊。

我先生朋友不多，却很喜欢菲尔先生，经常和他聊音乐。菲尔夫妇、丽莎夫妇和我们夫妻俩还组织了一个快活的小团队，叫“赞糗会”。成员总共有三十多人，有日本人也有外国人。出的糗、犯的错越夸张，就越能得到团友的称赞。我在团里可是众星捧月的大明星。

如今，菲尔先生走到哪里都会带上昌子，真是一对人人羡慕的和睦夫妻。

昌子写给我的信总有许多插图点缀，就像配图日记似的，看起来特别享受。

她还对我说：“妈妈的信既有个性又有意思，当作家多合适啊。写书绝对没问题！”

而我对她说：“瞧你这话说的，你才应该念美术学校，好好学学画，当个插画家。”

后来，她进了一家以难著称的美术学校，通过不懈的努力顺利毕业，为好友弗朗西斯·科波拉[①]的母亲出版的《我是伊塔利亚》画了很多欢快的插图，每一张都很有她的风格。这本书也成了她的出道作。真想跟她道一句恭喜。这也是另外一个版本的灰姑娘的故事。

我也厚着脸皮出了书，两个人的人生都是意外连连，惹得我们直跟对方感叹：“就像做梦一样！”

---

① 弗朗西斯·福特·科波拉，美国著名电影导演，代表作有《教父》等。

第八章

对谈 / 淀川长治 VS 黑柳朝

人越感动就越年轻

母亲的表情就像圣母马利亚一样

淀川：话说前天，我又跟令爱对谈啦，就在《彻子的小屋》节目中。

黑柳：是吗！彻子也特别喜欢您。不过她特意叮嘱我说，淀川老师是个心思细腻的人，妈妈您可千万别放得太开，做出不像样的事情来哦。

淀川：彻子女士的妈妈真的好年轻啊，人也漂亮。七八个男朋友肯定是有的吧？礼拜一的男朋友，礼拜二的男朋友……

黑柳：别提了，一个都没有！所以我才想，要是有您这样的朋友，那就太幸福了。

淀川：我没什么遗产，当不成"风流寡妇"[1]哦。（笑）我本来想等见了面，就拉着您的手说"差不多该换个地方啦"，

---

① 指代电影《风流寡妇》的主人公，由一笔巨额遗产而引发了一段喜剧。

没想到见面一看，使不得，使不得！看着跟我的女儿似的。瞧瞧这张脸，就像昨天刚从某某学院毕业的女学生。

黑柳：哎哟，老师，瞧您这话说的。

淀川：令尊是做什么的？

黑柳：是在北海道开诊所的穷大夫。

淀川：出身果然好啊。

黑柳：哪里哪里，您过奖了。我母亲上的是仙台的教会学校，也就是现在的宫城学院。她是基督徒，所以会去教堂，也会唱法语的摇篮曲给我听，人是有点洋气的。

当年我家附近有个大牧场，养了好几万只羊。父亲的诊所就在那里。所以我见过小羊羔一出生便摇摇晃晃站起来的场面。毕竟是乡下地方，我小时候过得无拘无束。

淀川：多好的环境啊。

黑柳：是啊。当漫长的冬天终于过去，积雪渐渐融化，小溪边上最先开花的是福寿草，紧接着是猪牙花……在哪里能找到哪种花，我全都知道。每天到处跑，看多久都不腻。

淀川：周围是景色优美的大自然，父亲是潜心仁术的医生，身边还有异国情调。在这样的环境下长大，无论是胸怀还是别的什么，都会变得宽厚。

黑柳：现在回头看，福寿草也不是什么特别美的花，但溪流是真的好看。活脱脱就是在富良野拍摄的《北国之恋》[1]。

可是，就算我问当年的小伙伴“你们还记得那时候的花吗”，大家也都说没印象。

所以对花这种美好事物的感觉，大概是因人而异的，而且差异从小就有。我那会儿可是迷得一塌糊涂。

淀川：在呱呱坠地的时候，每个人的感受力就已经不一样了。因为出生的那个家的氛围不一样。令堂肯定是一边说“哎呀，我可爱的孩子”，一边抱起了您。那表情就像圣母马利亚一样。

黑柳：是啊，因为她本来就是基督徒。

淀川：有温柔的母爱浇灌，宝宝就能懂得什么是美。要说审美水平，您可是我的前辈，说句不怕您笑话的话，其实我也是一样的。一看到星星，我就会想，世上怎么会有这么美的东西！

黑柳：看得浑身都快起鸡皮疙瘩了，对吧！我也是这样。

淀川：到了冬天，不是会透过枯树枝看星星吗？那感觉就像枯枝上开了钻石花一样。

黑柳：嗯。

淀川：等春天来了，树上便开出云霞般的樱花。透过花丛

① 日本富士电台的电视剧，故事以北海道富良野市为舞台。

看星星，真是美极了。我不禁纳闷，这么美的东西，怎么没人停下车好好欣赏呢？如果花丛中的是月亮，就算让现在的我去看，恐怕也会沉迷得不可自拔。

黑柳：哎哟。

淀川：这么美的东西，居然没人下车看，也没人开窗看。

黑柳：的确想不通，为什么他们注意不到呢？

淀川：您也有同感吗？那我太高兴了。话说令堂当年是什么样的人？

黑柳：温柔又文静，在身边待上一整天，你都意识不到她这个人存在。所以我没被骂过也没被打过，她也不会直呼我的大名，她是一个只依靠我活着的母亲。

淀川：令堂是知识分子，我母亲不是，但有一点和令堂像极了，那就是她也特别疼爱我。

黑柳：是呀，对孩子只有满满的爱意。

淀川：我父亲是九十一岁那年走的。过了半年多，我跟母亲一起去看歌舞伎。看完了，我们走到二楼大堂。她一不小心，被一个有点像门槛的东西绊了一跤。

黑柳：哎呀……

淀川：您猜她当时是怎么说的？她难为情地笑了笑，说："长治啊，对不起，大家都看着呢。你肯定觉得没面子吧？"

她不喊疼，满脑子都是我，母亲一辈子都是如此。

黑柳：我的母亲要是遇到这种情况，肯定也会这么说的。说到底啊，她们都是心里只有爱的人。

淀川：这份爱都深深刻在我们心里，被好好地传承下来了。那真的是很重要、很宝贵的东西。

该给你造铜像

黑柳：去年春天，我在镰仓看了一部叫《军官与绅士》[1] 的电影。

我觉得这电影太棒了，也该让年轻人看看，就跑去镰仓车站门前守着。

淀川：哦哦……

黑柳：守着守着，就看见三个青年晃荡过来，都是一身现在很流行的不良少年的打扮，个个踩着运动鞋的后帮。于是我冲上去问，你们几个打算去哪儿啊？阿姨想拜托你们一件事，能不能借两个小时给我？我刚才在那边看了部电影，觉得特别好，想让你们几个也看看！拜托你们啦！

然后我硬把他们拉去了电影院，买好票请他们进去看，自

①1982 年于美国上映，讲述了在飞行员训练营中两对青年男女的爱情故事。

己却走了。

我本想拉十多个年轻人，但是把那三个塞进电影院以后，我就觉得自己干的这事好傻，便回家去了。

淀川：哎呀。

黑柳：现在想想，当时的确不太理智。一看到好的、感人的东西，我就控制不住自己，想让别人也看一看。尤其是年轻人，绝对不会白看的。

淀川：世间还有您这样的人，真叫人欣慰啊。这样的人已经越来越少了。

其实我也如此。为了让更多的人看到好东西，我甚至进了电影公司的宣传部。

黑柳：有好吃的东西，就想与人一起分享，大家一起吃才好吃……也开心。

淀川：我碰到过一件事，跟您刚才说的很像。初一那年，我看了一部特别感人的电影，叫《蓬车队》。是无声电影。实在太好看了，我连着看了两遍。走出电影院一看，有个大叔拿着十多张电影票，逢人就推荐："这个给你！绝对要看！"说完便把票塞给人家，简直跟下命令一样。

于是我冲回电影院问，那个大叔是宣传部的吗？经理反问我，还有这种人啊？冲出去一看就傻眼了……只见大叔还在跟路人说：“你，给我进去看，快看！”

黑柳：真棒啊！

淀川：经理不好意思地说，麻烦您帮我们宣传，实在不好意思，太感谢了。说着给了他二十张连着的票。可大叔还是给了人家，说“我不需要这个”。我当时想，世上居然还有这种人啊！都想认他做干爹了。(笑）大正时代还是有这种人的……

黑柳：我现在也这么干啊。

淀川：该给你造个铜像（以示表彰）。

黑柳：不管这么做是好是坏，反正我就是控制不住。

淀川：您播下了伟大的种子。用钱来计算可能不太合适，但是假设一张电影票是一千五百日元的话，对那些年轻人来说，这场电影绝对有三十五万、五十万左右的价值。因为它能改变观众的人生轨迹。至于拉他们去看电影的您，心情就更舒畅了……

黑柳：也许，这不过是一种自我满足，但是在我的有生之年，这份心是不会变的。

只要有一个优点就够了

黑柳：妈妈们常说，“我家孩子绝对不会做坏事”。

可我一直是这么想的——我跟先生都不是什么完美的人，我家孩子会闯祸也是再正常不过的。

淀川：有意思！

黑柳：老师一旦把我叫到办公室去训话……

淀川：您也会觉得，那可是我的孩子啊，难免的……

黑柳：可不是嘛。彻子刚上小学的时候，老师说她把宣传艺人招呼到教室跟前，妨碍同学们听课了。但我心想，她是个一年级的小朋友，要是不觉得宣传艺人有趣，那该有多无聊啊！

淀川：就是。

黑柳：老师还说她净盯着燕子窝看，盼着有小燕子掉下来。可我是这么想的，一年级的小朋友要是不对这种东西感兴趣，该是个多无聊的孩子。

所以老师再怎么批评，我都不觉得女儿有什么错，也不觉得是老师不好。毕竟老师要照着文部省[①]的指导，管理四十个学生。

最后，学校还是怕她影响其他同学，让她退学了。后来我送她进了巴学园。当时我也没说“你把妈妈害惨了”“你把妈妈的脸都丢光了”之类的话，从头到尾都没埋怨过她。因为彻子做的那些事都不是坏事。

淀川：母亲有那么豁达的胸襟，孩子一定过得很幸福。换一个开口闭口“我家孩子绝对不会干这种事”的母亲来，孩子反而会越变越坏。

黑柳：是吗……我是一直觉得，我们家的孩子闯点祸很正常，所以从没责骂过他们。

淀川：因为没负担呀。我家刚好反过来。可能就是因为家庭环境反差太大了，所以我们才特别合得来吧。（笑）

我父母的口头禅是“没人比得上咱家的娃”“那孩子就是有出息”。

黑柳：您的确是有出息。

淀川：才不是，我根本没他们说得那么厉害，听着可难受

① 文部科学省的前身，是日本中央政府的行政机构之一，负责教育、科学技术、学术、文化及体育等事务。

了，因为我负不起责任。而且他们也不会把这种观念强加给我。升初中时，我考上的是三中。一中的孩子才是最聪明的。

黑柳：哦……

淀川：二中差一点，三中的最蠢。（笑）考前老师说，三中大概还能考进。可考题好难啊，我什么也写不出来。

没想到有一道题是作文，出的题目是《脸》。还有比这更好的题目吗？因为我爱看电影，只要是和脸有关的话题，让我写多少都行。脸是心灵的镜子啦，埃及艳后的鼻子要是再高一点会怎么样啦……

黑柳：好厉害！

淀川：其他科目都没及格，单凭这篇作文考上了。可是在父母眼里，还是“我家的娃果然厉害”。（笑）成绩单上也都是鸭子。鸭子就是……

黑柳：“乙”级吗？

淀川：但他们看不见那一长串乙，光挑甲看。哎哟，这门不错，那门也不错，孩子你真厉害！这样就结束了。所以我从没体验过“揣着成绩单紧张得心跳加速”的感觉。

黑柳：那不是跟我们家一样，只要有一个优点就行了。

淀川：所以，什么闷闷不乐、心烦意乱，我都没有过。无论以前还是现在……

电影是人性的学校

淀川：我从小就特别爱看电影，也喜欢戏剧和芭蕾。

黑柳：您在歌舞伎、文乐[①]、落语[②]方面也有很深的造诣。

淀川：之所以喜欢电影，是因为我出生的时候，父亲已经五十六岁，算是老来得子。我们家有专门供艺伎训练的地方，一天到晚都能听见净琉璃、长歌和三味线的音乐。现在让我听，我还挺乐意的，可是小时候，大家都笑话我说，“去长治家总能听见三味线”。我难为情极了，真想找个地洞钻下去。

黑柳：哦，这样啊。

淀川：所以我很孤独。在家的时候，我也喜欢坐在走廊角落的防雨窗套后面发呆。因为外头的光亮会透过窗上的小洞照

① 日本传统木偶戏。

② 日本传统曲艺，类似中国的单口相声。

进来，落在墙壁上。外面的人力车，还有其他东西都会倒着映进来，还带着漂亮的颜色。

黑柳：就跟彩虹一样。这叫针孔相机吧。我也见过。

淀川：这应该是让我对电影产生兴趣的契机吧。另外，电影是在一片漆黑里看的，所以不会感到难为情。影院里坐着各种各样的人，有大学教授、果蔬店的小哥，也有老奶奶……大家一同享受，我也特别喜欢那种感觉。

黑柳：全世界的人都看同一部电影，为了同一场戏欢笑流泪，多么美好啊。

淀川：我全家都爱电影，所以我十岁时就开始一个人出去看电影了，也没挨过骂。放了学去电影院，到家已是七点半左右，大家都在吃饭。我说“我去看了电影”，他们就说“哦，蛮好”。（笑）

黑柳：哎哟，真的啊。

淀川：他们还问我，是什么样的电影？我怕挨骂，只好绞尽脑汁挑好的地方讲。（笑）等我讲完，大伙儿就说，“那咱们也去看看吧，长治都夸成那样了”。

黑柳：您那个时候就开始讲解电影了。

淀川：是啊。十岁那年看了葛洛丽亚·斯旺森主演，塞西尔·B. 戴米尔导演的《男人与女人》（1919）。这部电影太好看了，我实在忍不住，干脆跑去电影院的办公室借电话打回家说："快来看，快来看！真的好看，真的好看！"过了三十分钟，一家人都来了。

黑柳：天哪！

淀川：我就是在这样一个自甘堕落、毫无章法的家庭环境中长大的。完全没受过教育。

黑柳：那不会吧，您不是知道"看"这件事有多棒嘛。

淀川：哪有啊，都是"放养"的。看完电影回家，大人只会叮嘱一句"快去洗澡"，却从没说过"快去学习"。(笑)

所以，我要是想学坏，机会简直太多了！跟艺伎说话也没人骂我。打开柜子，就是一堆装满酒的一升[1]瓶。去车屋吧，车夫也总教我学坏。

还好有电影拯救我。电影就是我受的教育。对我来说，电影就是人性的学校。

黑柳：毕竟当年的电影都是惩恶扬善的。

淀川：我这人有三个口号。

第一，劳苦尽管来，举双手欢迎。

第二，我的字典里没有"欢迎别人""外人"这类词。

第三，这辈子还没碰见过讨厌的人。

---

① 日本尺贯法的容量单位，1升约1.8公升。

黑柳：我今天来这趟，就是为了听这些。（笑）

淀川：哎呀，瞧您说的。再讨厌的人，也是有可取之处的。这种事我也经历过好几次。刚才说的都是电影里的台词。

电影让我深刻体会到，做不到这三条，那就算不上生而为人了。是电影教会了我什么是爱。还有勇气啦，诚实啦，这些人性的探究，也全是电影教给我的。

失恋篇

淀川：如果我结婚了，按我这性子，肯定会对爱人一心一意。

好比去趟纽约，我也是先给爱人买包，然后再处理工作和应酬。

黑柳：能为夫人做到这样啊？您的女朋友，我当定了。(笑)

淀川：有了孩子，绝对要努力送他进好学校。(笑) 到了七五三节[①]那就更顾不得别的了。反正我绝对会一头栽进亲情里，淹没在里面，把自己的生活搞垮。我知道那样可不行。

黑柳：啊……

---

① 日本传统节日。每年 11 月 15 日，3 岁、5 岁的男孩和 3 岁、7 岁的女孩都要去神社祈求健康成长。

淀川：除了老婆，再漂亮的女人也是看一眼就烦。您这样的自然另当别论。（笑）我不想变成这种人，可是没办法啊。

话是这么说，但十年、二十年过去，到底还是要腻。我可不想变成那种开口就是“贱内”的人。

就算老婆烦透了我，跟人跑了，她要是能回来，我也会真心原谅她。这就是我的爱。

黑柳：哎哟，太棒了。（笑）

淀川：我就是这种人，要是结了婚，那就不得了喽，绝对会一心一意只为老婆而活。

所以我逃避婚姻，说句实话，是怕陷得太深。

黑柳：可前提条件是您能找到一个让您爱成这样的人。哪有人能满足您的理想条件呢？

淀川：不不不，无论跟谁结婚，只要被缘分串起来系住，就会变成那样。

黑柳：要不咱俩结婚做个实验，看看事情会不会真的变成那样？（笑）

淀川：您这样的仙女，我哪儿配得上啊！您去泡澡的时候，我就拿着毛巾在浴室门口站着等。简直是春琴跟佐助。[①]（笑）

---

① 此处指谷崎润一郎的《春琴抄》，讲的是富家盲女与仆人间凄美而动人的爱情故事。

黑柳：去年夏天，我拜访了一位美国的大农场主吉艾尔先生。二战刚结束时，他在日本当过随军牧师。

他一点日语都不会说，却完全融入了日本人的圈子，做了很多好事，还热心传道，是个特别有爱心的人。我一直觉得，我说不了几句英语，每年都去美国、加拿大演讲，肯定也是受到这位先生的影响。于是我在演讲之旅的途中拜访了这位阔别四十年的老友。

淀川：他住美国哪里?

黑柳：在美加边境一个叫天使港的地方。

淀川：那他有太太吗?

黑柳：听说前年过世了。我家孩子他爸比她早走一年，这么戏剧性的重逢上哪里找啊。

淀川：嘿！（笑）

黑柳：以前就有“别迷上穿白大褂的医生”这种说法。他当年也是穿着军装，肩上有少校的徽章，胸前戴着十字架。我这次去，他则穿着一身西装，活脱脱一个乡下大叔。(笑)

那会儿日本人都跟乞丐似的，有的是地方让他帮忙，可现在我们没必要互相帮助，都过得很幸福。对方身上没有你渴望的东西，热情也就没了。

我当时就想，这事儿可没法拍成电影了。

淀川：这反而能拍啊。

黑柳：啊?(笑)

淀川：就是你失去热情这一段能拍成电影，刻画男人的艰辛……（笑）片名就叫《地狱之女》吧。(笑)

黑柳：饭菜也是他亲手做的，把我当女王一样伺候得妥妥帖帖，但我终究还是喜欢照顾别人的类型。所以我想，我们在这方面大概是合不来。

即便如此，我还是觉得自己是个薄情的女人。现在明明已经没有任何东西阻碍我们走到一起了，却拿不出一点浪漫的情怀。

淀川：人啊，就是这样。一加一不会等于二。不过这故事还是很浪漫的。天使港的吉艾尔先生是吧？满月当空，你俩再牵个手，那画面真是太美了。

黑柳：可就是没有发展成这样呀，就像《舞会的名册》。那部电影的主角也是接连拜访了几个回忆中的舞伴，但结果大多以失望告终。

淀川：没错。就算我跟您一起去加拿大，想在美不胜收的红叶中牵手做出爱的告白，当天晚上说不定也会下起倾盆大雨……（笑）

黑柳：那不是挺好的，真下了大雨，咱们就把衣服都脱

了……（笑）

淀川：这么现实主义啊。（笑）要是真的完全按计划发展，多无聊啊。

黑柳：一个反转接一个反转是电影的有趣之处，也是人生的乐趣。于是，一个短暂的故事就这样落下了帷幕。

淀川：那下一页……

黑柳：翻到下一页，就是阿朝夫人再次踏上旅程，寻觅新的平克尔顿[①]。

淀川：您真是个不会变老的人。我都不知道还有这样一个男人呢。看来今天是彻彻底底的“失恋篇”了。（笑）

① 歌剧《蝴蝶夫人》的男主角。

关于敬畏

黑柳：洛杉矶有一位了不起的牧师，人称“喷气机藤田”。听完我的演讲，他说了这么一句话：“好几个女传教士一起讲，都没法像您这样生动！”他应该是想鼓励我一下吧。

淀川：那可真是厉害。

黑柳：小时候，母亲总跟我说：“阿朝，坐下来祈祷吧。”我就是听着这句话长大的。无论碰到什么事，她都会让我“先祈祷”。可我偏偏不喜欢坐下来祈祷。

要去教堂的时候，她也让我穿戴整齐，把头发梳好。这种要求我也不爱听。

因为我是这么想的，要是教堂真有那么好，就算我穿得破破烂烂的，顶着一头乱糟糟的头发，那也无所谓，不是吗？

淀川：这番话出自赤裸裸的童心。

黑柳：嗯，直到今天，我的信仰还是“业余”的。教堂的神职人员不是都穿得整整齐齐，做庄严的祷告吗？就按照惯例。

但我觉得，教堂的大门是向所有人敞开的，谁都能走进去按自己的心意祈祷，不一定要照着规矩来，这才是信仰。

比如这么说：“上帝啊，我的妈妈现在很难受，请您帮帮她，光是让她不那么疼也行！”

我很纳闷，为什么大家不像这样祈祷呢。

淀川：我不太懂教堂的规矩，但也许就像《红字》[①] 里描写的那样，要是搞得太精英、太严格，就很难办了吧。

黑柳：没错。

淀川：伯格曼[②] 就是这样的。

黑柳：对，对。

淀川：总觉得这种牧师不太真诚。这样的情况是有的，不过我也见过恰恰相反的场景。有一次我去纽约，圣帕特里克还是第五大道那里不是有一座很大的教堂吗？[③]

黑柳：有的，有的。

淀川：连一身嬉皮士打扮的小哥都能进去祈祷。

---

① 美国浪漫主义作家霍桑创作的长篇小说，发表于 1850 年。

② 英格玛·伯格曼（1918—2007），瑞典导演、编剧、制作人。其父是非常保守的牧师，对伯格曼的管束极其严厉，使他度过了十分压抑的童年时代。

③ 此处指圣帕特里克大教堂，位于纽约第五大道附近，是纽约最大的教堂。

黑柳：是的。

淀川：我当时十分感叹，啊……有信仰也不错啊。对那边的人来说，像这样祈祷是很有必要的事情。

黑柳：这种敬畏之心，归根到底就是畏人之心。要是连人都不怕，那也不会去敬畏神明了，即便伤害别人也无所谓。

淀川：无论神还是佛，有所信仰也许是有必要的。“谢谢神明保佑”这种话，在平时也会脱口而出。

黑柳：就是就是，怎么祈祷都行，只要向最适合自己的祈祷就行了。我大概到死都只能按外行人的方法祈祷了。

最讨厌大彻大悟

淀川：永葆青春的秘诀，就是凡事挑最好的看，捡最好的听。音乐会、歌舞伎、文乐、电影、绘画……总之多欣赏一流的东西。欣赏过梵高的作品，觉得“真不错啊”，你就会下意识地对别人友善起来。

黑柳：人啊，就是需要多感动。

淀川：我在十三岁那年看了安娜·巴甫洛娃[1]主演的《波希米亚俱乐部》。直到现在，我还记得那伴奏音乐，哪怕只听过一次……（哼唱起来）

黑柳：老师您真是天才！

淀川：只要被感动得叹息，只要心灵被触动过，那些东西就会留在心底，让人变得更加充实。努力让自己多多体验这种

① 安娜·巴甫洛娃（1881—1931），20世纪初俄国“芭蕾女皇”。

感动，是弥足珍贵的。如果能坚持做到这一点，就会在不知不觉中变成您这样了。

黑柳：您又拿我开玩笑。

淀川：想活到几十岁，吃什么延年益寿……这种事情我是压根儿没想过。

黑柳：我也是。很多人上了年纪就开始讨论墓地啦，以后会得什么病死掉，我最讨厌这种话题了。人生有明天就足够，只要考虑明天怎么创造幸福就行了。乘坐的飞机掉下来也没关系，没有比倒在路边更幸福的事了。钱的问题，我也完全不考虑。

淀川：这样反而有利于健康。越是量血压、大把大把地吃药，越是死得早，没病也折腾出病来了。

黑柳：说不定真是这样。

淀川：我是不爱看病的。一去医院，医生就会说我这儿（指着胸口）不好，让我立刻住院。我喝咖啡要放很多糖，也爱吃天妇罗、鳗鱼和寿喜锅，虽然这些东西听起来对身体不太好，但我无所谓。

早上睁开眼睛以后，先像这样动一动手，心想："嗯，还活着"。（笑）然后冒出来的念头就是"要开开心心地过好这一天"。

黑柳：可不是嘛。

淀川：我的日程已经排到明年十一月，但提前跟人家打了招呼，说我到时候可能已经不在了，不保证一定能去。（笑）反正单身汉一个，没牵没挂没负担。

黑柳：我也一样。

淀川：飞机在路上不是会颠簸吗？您是否有过“这回大概要死了”的念头？（笑）

黑柳：坐飞机的时候会买保险吧。要是真的死了，先不算彻子，其余每个孩子至少能分到一千万日元。他们肯定会很开心，觉得“妈妈直到最后一刻都是个大好人”。

淀川：说起飞机，前一阵子，我在羽田机场碰见了彻子女士，永六辅先生也在。上飞机一看，三个人的座位刚好前后挨着。你看看我，我看看你，然后彻子女士就说了一句特别妙的话——要是这架飞机坠毁了，日本可就安静多了。（笑）

成天操心这个、担心那个的人真的容易得病。

黑柳：您也是真的年轻。

淀川：相隔不到三天就要看场电影，这就是我的养生秘诀。我这个人爱泡澡，只要电影里出现一个描写浴室的画面，我就想，“这浴缸真不错，要是能拥有一个就好了”。

无论多么小的细节也能带来很大的兴奋，激起求知欲和生活欲，不至于沦落为“老朽”，心态也年轻了。

反正已经活了那么多年，剩下的日子就当是白送的好了。但是嘴上说这种话，摆出一副大彻大悟的样子，我就不喜欢了。

黑柳：我也是。

淀川：还有很多很多东西要学。也正因为我还有今天，才能有幸和您这样的大美人对谈呀。(笑)

后记

沙漏……

沙漏里还有很多沙子的时候，就算一直盯着看，也会觉得它走得慢。但等到沙子所剩无几了，你就会觉得它走得格外快，对不对？

对爱喝酒的人来说，一升装的酒瓶应该也是一样的。剩余很多时，喝得再快也没什么舍不得。但喝到瓶子里的酒只剩两三厘米高，自然会一口一口地慢慢品尝。我的人生，好像也到了所剩无几的阶段。最珍贵，也最值得细细品味的人生，要开始啦。

以前是一门心思要爬上山顶，也不看两边的风景，总算爬到了八合目[①]。从这里到山顶的路，我想尽情享受路边可爱的野

① 从登山口到山顶被分成十份。登山口是“一合目”，山顶是“十合目”，八合目是接近山顶的半山腰。

花、蔚蓝的天空和清透的空气，中途绕远路闲逛一下。

感受新的发现与冒险，慢慢地、慢慢地前行……

七十多年一路走来，我从没有过“勉勉强强”的感觉。

就算遭遇艰难困苦，我也从不听任自然、消极被动，而是主动出击，怀着满腔的热情去面对。至少我觉得自己做到了这一点。

有时，我也会毫不掩饰地把情绪表达出来，却不觉得这是一件难为情的事，一边和心中的神明、经纪人与律师商量，一边走到了今天。

三年前，《阿朝来啦》成了超级畅销书。向来爱做梦的我都没想到，人生的“节目单”里会有这么特别的一幕。

下到十多岁的青少年，上到八十多岁的老者，饱含真情的读者来信从全国各地飞来，多得堆成了小山。

这本书算得上是《阿朝来啦》的续篇，讲到了我在上一本书出版之后遇到的事情，还有上次没来得及写的经历。能在这本书中与大家重逢，我由衷地感激。

我觉得这本书的书名也很符合我的风格。

希望跟我年龄相仿的读者，还有正在养育子女的年轻妈妈们，以及所有因为种种缘故放不开手脚、给自己的人生筑起了围墙的女性朋友们，都能怀着梦想与希望走下去。让我们胸怀大志，昂首阔步前行吧！

编辑部的藤田几子女士和小牧爱女士很关照我。我跟她们诉苦说：“跟上一本相比，一点都没长进，我自己都不太满意。”但她们总是鼓励我，给我写下去的勇气：“哪里的话，明明写得很好！”如今，二位已经不仅仅是我的工作伙伴，更是真心支持我的知心朋友。

另外，这次能再度请到我无比尊敬的安野光雅老师绘制日文版封面，我也深感幸运。

真的由衷地感谢大家。

在接下来的日子里，我也会在大家的温情呵护下，精力充沛地走自己喜欢的路。

一九八六年，怀着爱与祈祷，写于第七十六个生日

黑柳朝

图书在版编目(CIP)数据

人生是一场大戏 /（日）黑柳朝著 ; 曹逸冰译 . --
海口 : 南海出版公司 , 2022.9
ISBN 978-7-5735-0258-2

Ⅰ . ①人… Ⅱ . ①黑… ②曹… Ⅲ . ①随笔－作品集
－日本－现代 Ⅳ . ① I313.65

中国版本图书馆 CIP 数据核字 (2022) 第 117105 号

著作权合同登记号 图字: 30-2022-051

人生是一场大戏
〔日〕黑柳朝 著
曹逸冰 译

出　　版 南海出版公司 (0898)66568511
　　　　 海口市海秀中路51号星华大厦五楼 邮编 570206
发　　行 新经典发行有限公司
　　　　 电话(010)68423599 邮箱 editor@readinglife.com
经　　销 新华书店

责任编辑 翟明明
特邀编辑 贺　静 杜甜甜
装帧设计 李照祥
内文制作 田晓波

印　　刷 河北鹏润印刷有限公司
开　　本 880毫米×1230毫米 1/32
印　　张 8
字　　数 140千
版　　次 2022年9月第1版
印　　次 2022年9月第1次印刷
书　　号 ISBN 978-7-5735-0258-2
定　　价 45.00元